時の鐘

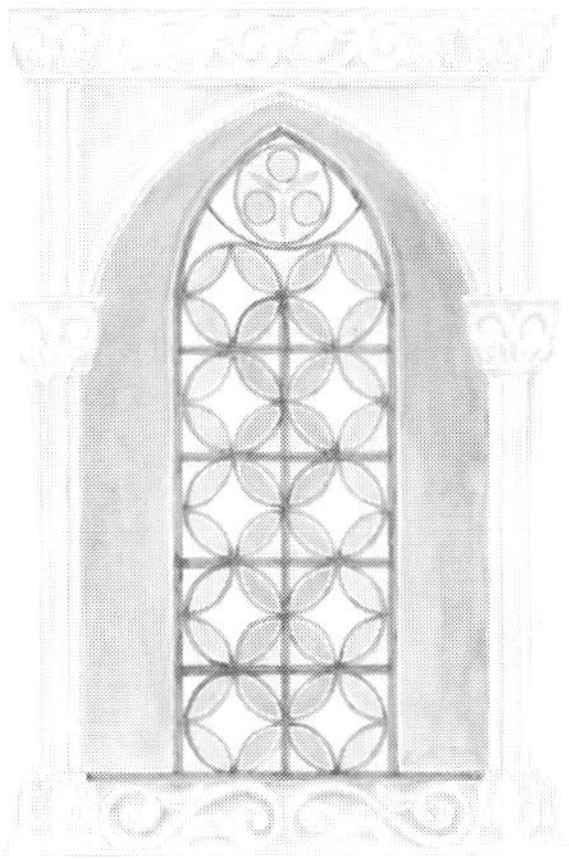

十一谷朋代

長野順子 絵

未知谷
Publisher Michitani

時の鐘

これは巴《ともえ》が子供の頃、七歳《ななさい》のときの記憶《きおく》である。

「私は泉巴《いずみともえ》。私のお家《うち》の周《まわ》りには、山茶花《さざんか》の木で生《い》け垣《がき》が広がっていて、それは昭和と呼ばれる時代《じだい》の事」

空気は今よりも確《たし》かに澄《す》んでいて、春には霞《かすみ》が山をおぼろに見せ、夏は太陽がじりじりと照り付け、秋空には金色に輝《かがや》くうろこ雲、そうして霙《みぞれ》降る凍《こご》える冬空。

季節《きせつ》というものが、順番通《じゅんばんどお》りに何度か過ぎて行き、やがて次第《しだい》に成長《せいちょう》した巴《ともえ》は、たった七歳の「子供」であっても、少しずつ時の経過《けいか》と共《とも》に、「この国のこの世界」の仲間入《なかまい》りを果たせたような、そんな気がしているのであった。

「私がいつ生まれたのかはっきり覚《おぼ》えてはいないのだけれど、自分自身《じぶんじしん》の始まりの頃の記憶《きおく》――。それはとても奇妙《きみょう》な事なのですが、冬の炬燵《こたつ》の内側《うちがわ》で猫《ねこ》のように丸まって、しかし、小さな両手には台所の流しの上の籠《かご》から取ってきた蜜柑《みかん》をひとつ、しっかりと包み込み、そのままじいっと暖《あたた》まっている。と、暑くなり、外に這《は》い出《で》て炬燵の横にあお向けに転《ころ》がってみます。

（ああ、涼しい）っとそのまま網代張《あじろば》りの天井《てんじょう》をぼうっと見つめ、横に目を移《うつ》し、隣《となり》の部屋《へや》との境《さかい》の、もみじの透《す》かし彫《ぼ》りのある欄間《らんま》を観ると、茶色の丁度拳《ちょうどこぶし》くらいの肉片《にくへん》が……　といっても、気味《きみ》の悪《わる》い物ではなく、むしろ美味《おい》しそうな照《て》り焼《や》き色の塊《かたまり》が引っかかっているように見えるのです。

艶《つや》のある塊に目を凝《こ》らすと、その肉にはピンク色のストローが突《つ》き刺《さ》さっています。やがてそれは少しずつ欄間から外《はず》れて宙《ちゅう》に浮《う》き、私に迫《せま》って来ます。そのショッキングピンクのストローを一点凝視《いってんぎょうし》していると、何とも言えない気分《きぶん》が広がり、哀《かな》しいような、懐《なつか》しいような……　やがて目の前に大きく迫る塊《かたまり》に視界《しかい》は塞《ふさ》がれ、意識《いしき》が遠《とお》のき、心臓《しんぞう》の鼓動《こどう》が「ドクンドクン」耳にゆっくりと響《ひび》きます。自分がじいっと停《と》まっている感覚《かんかく》になり、暫《しばら》くそのままで……　そうして今度は、閉《と》じているはずの目の前の視界《しかい》は再び展《ひら》け、そのとき、周《まわ》りはいつのまにか急傾斜《きゅうけいしゃ》の野山《のやま》と化し、サワサワと吹く風の中、あちこちに咲く白い野花《のばな》が揺《ゆ》れているのです」

機嫌《きげん》よくさえずる小鳥《ことり》の鳴《な》き声《ごえ》が、少し強めに吹く高原《こうげん》の風に乗って聞こえてきます。

そんな光景《こうけい》の中で巴《ともえ》は斜面《しゃめん》に腰《こし》を下《お》ろし、ホッとした気分で寛《くつろ》いでいます。

欄間を見上げると起《お》こる、巴《ともえ》の幻想体験《げんそうたいけん》――。ふと見上げた先にいつの間にか迫ってくる、ストロー付きの塊と、それが顔から離《はな》れた途端《とたん》に目の前に開《ひら》ける自然《しぜん》の中でゆったりするという二つの光景。

巴《ともえ》は子供心にとても変《へん》だ、とは感じているのだけれど、それが一体《いったい》何なのか、何故《なぜ》そんな物が見えるのか、さっぱりわかりません。けれどのんびり屋《や》の巴は、それを自然に受け止め、別段怖《べつだんこわ》いとも思わずに日々を過ごしているようです。

実際子供《じっさいこども》の巴にとって、この程度《ていど》の不思議《ふしぎ》な現象《げんしょう》よりも、日々の生活の中で怖《こわ》い事は他にいろいろありました。

例《たと》えば父の音彦《おとひこ》に買《か》ってもらったガラス製《せい》の宝石型《ほうせきがた》ブローチ。ダイヤモンドのように透明《とうめい》で美《うつく》しく、目映《まば》ゆく輝《かがや》き、いつも着《き》ているビロードのベストによく合っていてお気に入り。でもお出かけのとき、いざつけて玄関《げんかん》から外に一歩出ると、

「ひゃあー」

庭《にわ》一面に、目玉《めだま》のような白いキラキラが!!

そしてそれは等間隔《とうかんかく》で巴の動《うご》きに合わせてヒュルヒュルとついて行くのです。

今でこそ、それは単なるガラス製ブローチの光《ひかり》の反射《はんしゃ》と解《わか》っていますが、初《はじ》めてそれを見た頃は気味悪《きみわる》く恐《おそ》ろしくて堪《たま》らなかったのです。

夜、巴の眠《ねむ》る部屋《へや》は、日本間《にほんま》の二間続《ふたまつづ》きの奥《おく》、床《とこ》の間《ま》が闇《やみ》に沈《しず》む頃《ころ》、目を凝《こ》らすと薄《うす》ぼんやりと掛軸《かけじく》の絵が浮《う》かびあがります。「日の出に波《なみ》」のその絵。ぽっかりと赤く丸い太陽《たいよう》と、ギラギラした青黒《あおぐろ》い波間《なみま》だけのその絵は、夜《よる》には到底不似合《とうていふにあ》いで、闇《やみ》の中で見つめていると、何とも言えない気分になり、誰もいない大海原《おおうなばら》に太陽だけの場面《ばめん》を想像《そうぞう》すると、不気味《ぶきみ》で本当に恐ろしかったのです。

さらにその掛軸《かけじく》の下には青銅製《せいどうせい》の丸い形の壺《つぼ》。それは黒々とどっしりしていて、まるで黙《だま》って坐《すわ》っている大蛙《おおがえる》のようでした。ふと目《め》が覚《さ》めて視界《しかい》に入ると、巴はドキッとします。傍《かたわ》らには父が富士山《ふじさん》を登る時に使ったという、自慢《じまん》の杖《つえ》がありました。その杖とて富士の山道を父が突《つ》いて登《のぼ》るのを想像《そうぞう》し、その厳《きび》しい登山《とざん》のあと、この杖も今は休み、闇《やみ》の中に沈《しず》んでいるのです。

（大丈夫《だいじょうぶ》、大丈夫。こちらさえじっとしていれば、みんな止《と》まっていてくれる。何かが私の寝《ね》ている横にふと坐っていても、夜の闇の中、見なかった事にして眠ってしまおう、ここは眠るのが一番）と巴は祈《いの》る気持ちで再び目を閉《と》じて、さて朝になり明るくなれば、窓《まど》を開《あ》け放《はな》した畳《たたみ》の間《ま》を吹き抜けるさわやかな風と心地良い日差しの中で、今度はニコニコと笑っているかのように豹変《ひょうへん》する調度品《ちょうどひん》たち。

夜のそれらはどうして不気味《ぶきみ》なのでしょう。

幾日《いくにち》も、幾日も動いて流れて行く空の雲。

時《とき》は全《すべ》てを確実に古《ふる》びる方、老《お》いる方へと向かわせているはずなのに、その合間《あいま》を縫《ぬ》うように、新しい人も物も、ある時は追いかけるように、またある時には入れ代わるように生まれ、再生され、そうしてまた一方向に流れて行く。

でも、多分《たぶん》それが生きるという事。

「お母さん、あのね……」

巴は母の茜《あかね》に、欄間《らんま》の肉片のことを話そうとします。出来るだけよくわかるように。母親に変な事を言う子だと思われないように。そんなに不安に思ってはいないけれど、「大丈夫よ」って言って欲しいのです。

一所懸命《いっしょけんめい》気を遣《つか》って説明をします。

母の茜《あかね》は黙って聞いています。その中高《なかだか》な面立《おもだ》ち。静《しず》かな目線《めせん》を少し下に落とし、黙々《もくもく》と、娘の通う小学校で引き受けた、工作のチューリップ作りをしています。折り紙で花を作り、割《わ》り箸《ばし》の茎《くき》に緑色の粘着《ねんちゃく》テープを巻《ま》く作業《さぎょう》。きちんと仕上げようと真剣に取り組んでいる最中に、変な話などしてはいけないのかな……巴は少しビクビクしながら「お肉のかたまりが見えてね」と話しかけます。その話が野山の風景に変わる直前《ちょくぜん》までできたとき、

「それで?」

木《き》で鼻《はな》を括《くく》ったような母の一言《ひとこと》。

冷《つめ》たく響《ひび》くその一言にドギマギしてしまいます。でも最後まで話さなくちゃと、巴は気持ちを奮《ふる》い立《た》たせ、陽気《ようき》を装《よそお》い、少し早口で、

「急にね、変わるんだよ。どこかのね、お山の涼《すず》しい所にすわってるの、私」

けれど母は何も言わず、黙《だま》ったまま。その間にも茎《くき》にコロンとした花と大ぶりな二枚の葉をテープで巻《ま》き込《こ》み、最後《さいご》にパチンとテープを切って、チューリップは美しく仕上《しあ》がりました。

茜母《あかねかあ》さんの返事《へんじ》が欲しい巴《ともえ》は、急《いそ》いで言葉《ことば》を探します。

（何か、何か答えて、お母さん）そう思いながらも一方で、（答えてくれないのなら自分で話を終えるしかない……）とも考えます。

巴がそう考える間も、母親《ははおや》は無言で、仕上がったチューリップを横にやり、新たな花を作ろうとオレンジ色の折り紙を手に取りました。

そのとき、玄関《げんかん》のガラス扉《ど》をたたく音が。

「泉《いずみ》さぁん」

誰《だれ》か訪《たず》ねてきたようです。ごく小さな声で「ハイ」と呟《つぶや》くと、茜《あかね》さんは立ちあがりました。

（あんまり聞いてもらえなかった……）

炬燵の上には色とりどりの折り紙でできたチューリップ。ひとり茶の間に残されて。

（いえ、母さんは私が嫌いなわけじゃない）

そうです。茜《あかね》さんは巴《ともえ》のためにお花作りをしています。でも、何故《なぜ》か……巴は遠慮《えんりょ》してしまいます。巴の事を一番わかってくれているはずの実《じつ》の母にいつも巴は近寄《ちかよ》れない。今だって、会話は途切れ、ドギマギし、その上お客様《きゃくさま》がいらしたせいで母親は部屋から出て行ってしまいました。でも、巴は少しホッとしています。

巴が一番恐ろしいと思っているのは、実《じつ》は母親かも知れません。でも、きちんと仕上げてあるチューリップ、その他にもあります。太めのリボンを編《あ》み込《こ》んで作る風船《ふうせん》や、お化粧水《けしょうすい》の空瓶《あきびん》にキラキラ光る紙をうろこに見立てて張りつけたお魚。おばあちゃんの福《ふく》さんから貰《もら》ったタバコの箱《はこ》で作る、引き出し付きの小さな小物入《こものい》れなどなど、器用《きよう》な茜さんは娘《むすめ》の学校で役に立つ、クラスの皆《みな》で楽しむための工作《こうさく》を、次々と作り出します。工夫《くふう》がこらされた、それらの作品は、学校でも先生方から称讃《しょうさん》され「巴《ともえ》さんのお母さんの作られるお花を、バザーの目玉商品にしましょう」とか、広報《こうほう》にリボンの金魚《きんぎょ》の作り方を載《の》せましょうとか、PTAからのレクリエーションとして提出《ていしゅつ》する度《たび》に話題になるのです。

巴は、そんな評判《ひょうばん》にも無関心に黙々《もくもく》と作り続ける母親を驚《おどろ》きと感嘆《かんたん》の気持ちで見つめています。

（何て、美しく仕上がっているのだろう！）

そう思って見ている巴に母が言います。

「さあ、巴も作ってみなさい。自分で工夫《くふう》して、考えておやりなさい。間違《まちが》えなどないように」

その言葉を聞いて、巴はドキリとします。そう、見ている分《ぶん》には良いのです。しかしひとたび自分が作る段になると、巴は失敗《しっぱい》しないかとヒヤヒヤします。実際《じっさい》にしくじって、打ちのめされた事もありました。

牛乳瓶《ぎゅうにゅうびん》の蓋《ふた》で腕時計《うでどけい》を作る宿題《しゅくだい》が出たときのことでした。時計の文字盤《もじばん》に見たてて、丸い紙《かみ》の蓋《ふた》に1から12まで数字《すうじ》を書いて、固《かた》い紙で作った針《はり》をまん中に鋲《びょう》を打って取り付け、時計らしくします。あとはバンドの部分を作れば完成《かんせい》です。紙を細長く切り、手首《てくび》のサイズに合わせた長さに切って腕にはめられるようにするのです。いよいよ仕上げの調節ベルトを作って貰《もら》おうと母親に見せました。

「何、これ?……さかさまに切ってる……」

何と巴はバンドの先端《せんたん》の山型《やまがた》に切る所を谷型《たにがた》に切っていたのでした。

茜母さんは呆《あき》れたような、白《しら》けた声《こえ》で、

「谷に切ってしまったら、全体の寸法が足りなくなるじゃないの……まったく……」

そう言いながら、小さくため息をつきます。巴の顔《かお》は恥《は》ずかしさと惨《みじ》めさで赤くなり、その場から消え入りたい気分です。

（しまった！）と（もう、どうしようもない！）が入り混じり、頭の中は真っ白で……けれど自分が悪いとわかっているのに、かすかに母親を恨《うら》む気持ちもあるのです。

（どうしてそんなにつめたいの？）

母親はしばらく考え、無言《むごん》で新しくバンド用にもう一枚紙を細長く多めに切って渡し、

「間違《まちが》えたら、もう作れないわよ。山《やま》に切りなさい」

とだけ言い、隣《となり》の部屋《へや》にミシンをかけに行ってしまいました。

それは、泣《な》いたり、悲《かな》しかったりという事《こと》ではなかったけれど、巴と母はいつもこの調子《ちょうし》でした。事あるごとに母親の反応《はんのう》が気になり、心の底から落ち着くことがなかったのです。どうしても、「おかあさん」とか「ママ」とか、気安《きやす》く言えない巴でした。

「巴に厳《きび》しくしすぎとちがう？」

祖母《そぼ》の福《ふく》はゆるやかな人で、母の態度《たいど》を見兼《みか》ねると、援軍《えんぐん》になってくれました。

その事で、巴《ともえ》がどんなに救われたか……

実母《じつぼ》である福《ふく》にそう言われると、さすがの茜《あかね》もぐっと詰《つ》まり、それでもひと言、

「このくらいで丁度《ちょうど》いいのよ。女の子は、小さい内からしっかり躾《しつけ》ないと」と返事《へんじ》をし、巴には少《すこ》し厳《きび》しい口調《くちょう》で言います。

「もっとよく考えて行動しなさい！」

母親からの叱責《しっせき》をかわそうとするのか、巴は次第《しだい》に油断《ゆだん》なく辺《あた》りに気を配《くば》るようになりました。

何をするときにも、間違いを起こさないように注意《ちゅうい》をしたり、先《さき》の事を考えて動《うご》くクセがついたのです。

けれど、胸《むね》が詰《つ》まるような母茜との関係の一方《いっぽう》、他方《たほう》で、山茶花の垣根《かきね》の内側《うちがわ》に丸い形の花壇《かだん》を作り、晴れた日曜日《にちようび》には父音彦《おとひこ》と種《たね》を蒔《ま》き、様々《さまざま》な花を植《う》えました。松《まつ》葉牡丹《ばぼたん》、カンナ、サルビア、ひまわり、朝顔《あさがお》……広めの庭の奥《おく》は家庭菜園《かていさいえん》です。そちらにはナス、トマト、トウモロコシなどなどたくさん作っています。

トマトの野性味《やせいみ》帯《お》びた、クンとした香《かお》り漂《ただよ》う夏の菜園。その奥では、青々《あおあお》とした大きな葉《は》をつけ、しっかりと実《み》の詰《つ》まったトウモロコシを収穫《しゅうかく》します。

「上手《じょうず》に穫《と》れたんか？」

「うん、出来たよ」

父親の声には、自然にいられます。

父と巴とは一緒《いっしょ》に外出《がいしゅつ》して、光輝《ひかりかがや》く晩秋《ばんしゅう》には近所《きんじょ》の神社《じんじゃ》で銀杏拾《ぎんなんひろ》いをしたり、時《とき》には街《まち》に電車《でんしゃ》で出かけてサーカスを観《み》たり。その帰《かえ》りにはデパートで欲《ほ》しかったお人形や、綺麗《きれい》なケースに入った色鉛筆《いろえんぴつ》などを買《か》って貰《もら》えるのでした。巴はいつも柔軟《じゅうなん》で陽気《ようき》な父親の優《やさ》しい接《せっ》し方《かた》に心底《しんそこ》ホッとし、父親といるとリラックスできました。母親とする工作《こうさく》と違《ちが》って、父親と育《そだ》てたり収穫《しゅうかく》したりする野菜《やさい》や花々《はなばな》には、間違《まちが》いをしでかす事もなく、いつも上手《じょうず》に出来るのでした。

特《とく》に巴の育《そだ》てるトウモロコシは周《まわ》りの人からも好評《こうひょう》で、

「巴ちゃんのトウキビはおいしいね。まだ小さいのによくこんなに出来るねえ」

と、褒《ほ》められたりしていたのです。

そのトウキビ――何故《なぜ》か黄色いはずの実《み》が艶《つや》やかな真珠色《しんじゅいろ》で、一粒《ひとつぶ》ひとつぶがぷっくりと大きく、口に含むと何とも言えない甘味《あまみ》が広がります。ひと口食《た》べると続《つづ》けて食べたくなる、そんな味でした。何回も栽培《さいばい》し、朝一番に食べる分、そして後《あと》から皆《みな》に配《くば》る分を収穫《しゅうかく》する事は、巴の小さな楽しみでした。

「企助《きすけ》おじいちゃんにあげようっと」

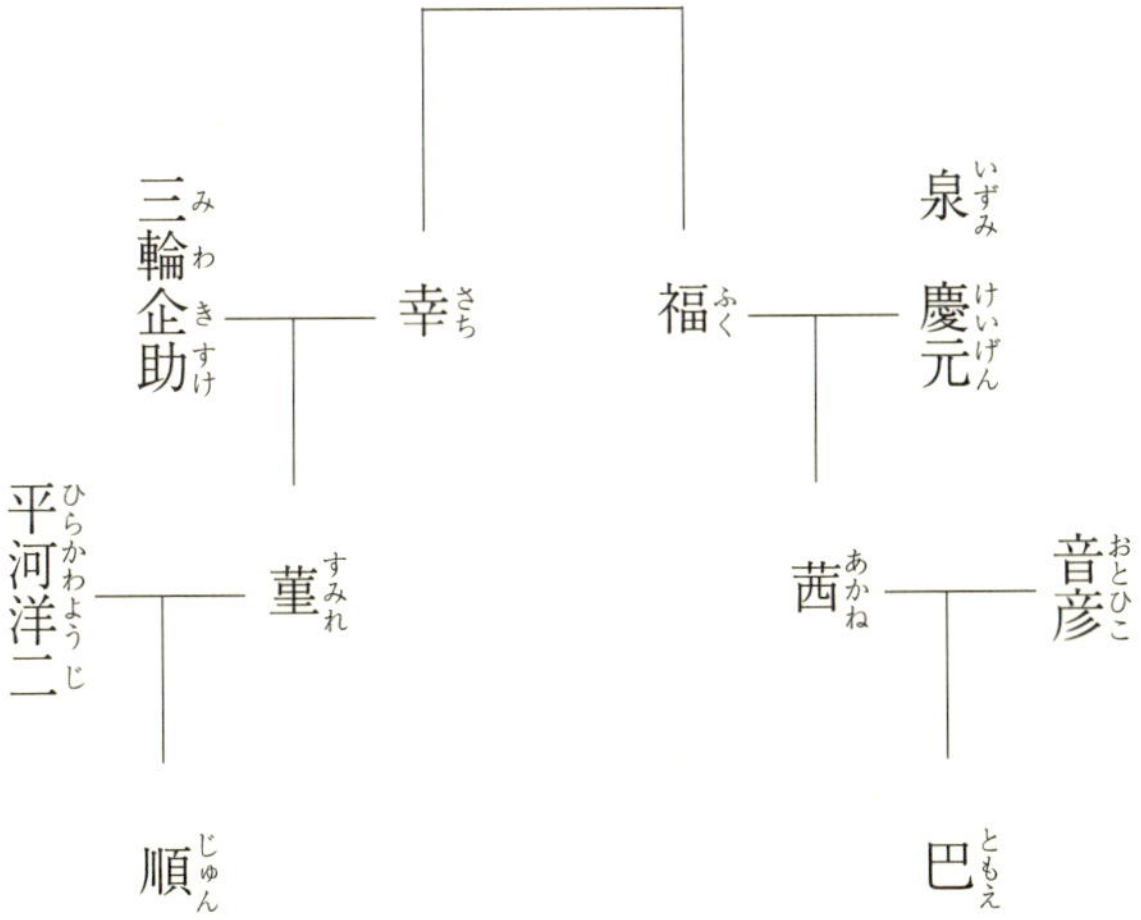

三輪《みわ》企助——この人は巴の祖母《そぼ》である福《ふく》の妹幸《いもうとさち》の連れ合いで、つまり福《ふく》の義理《ぎり》の弟《おとうと》です。巴の実の祖父《そふ》、泉慶元《いずみけいげん》はとうの昔に亡《な》くなっているので、巴は企助《きすけ》を実の祖父のように慕《した》っています。

そして、この企助《きすけ》と幸夫婦《さちふうふ》の間《あいだ》には菫《すみれ》という娘、つまり巴の母茜《あかね》の従姉妹《いとこ》ですが、その菫《すみれ》の一人娘が順《じゅん》です。

巴《ともえ》と順《じゅん》は同《おな》い年《どし》という事もあって、三輪《みわ》のおじいさんおばあさんには実《じつ》の姉妹《しまい》のように可愛がられています。

同い年の順《じゅん》とはいえ、三輪家《みわけ》は遠《とお》い場所《ばしょ》に住《す》んでいるので、幼稚園《ようちえん》も、小学校《しょうがっこう》も別《べつ》です。ふだんは会えません。

巴《ともえ》の祖母《そぼ》福《ふく》と順《じゅん》の祖母《そぼ》幸《さち》とは仲《なか》が良く

頻繁《ひんぱん》に交流《こうりゅう》しています。福《ふく》が幸《さち》を訪《おとな》うときは巴を連れて行くので、大概《たいがい》そのときに会えるのです。順《じゅん》はとても明《あか》るい元気《げんき》な女の子で、少しもじもじする所《ところ》のある巴《ともえ》を引《ひ》っ張《ぱ》って、一緒《いっしょ》に遊《あそ》ぶのでした。

巴は自分の家の中では祖母《そぼ》に庇《かば》ってもらい、家の外ではこの順が支《ささ》えになってくれています。

お互《たが》い一人っ子の巴と順は姉妹のように仲が良く、会うのを楽しみにしています。巴《ともえ》は幸《さち》おばあちゃんのお家《うち》へ向《む》かっています。順《じゅん》ちゃんと過ごせるという喜びがふつふつと湧《わ》いて、自然《しぜん》と早足《はやあし》になりました。そんなときは、母親の事で少しばかり心がチクリとしていても気持ちがカラリとするようです。

嬉《うれ》しい事も、ちょっぴり嫌《いや》な事も、もっともっと時《とき》が流《なが》れていけば、思《おも》い出《で》になって、時間《じかん》の波《なみ》にどんどん追《お》いやられて、そうして幼《おさな》い子供の頃の、遠《とお》い時代《じだい》の幻《まぼろ》しとなって行《ゆ》くのでしょうか。

夏《なつ》の早朝《そうちょう》――。音彦《おとひこ》は、ひとり娘《むすめ》の巴《ともえ》と自宅《じたく》の庭《にわ》に作った小さな菜園《さいえん》にいた。仕事《しごと》に出掛《でか》ける前に育《そだ》てている畑《はたけ》の収穫物《しゅうかくぶつ》のチェックをするためだ。手前《てまえ》の円形《えんけい》の花壇《かだん》には、春《はる》に種蒔《たねま》きをした色とりどりの松葉《まつば》ボタン。この花は、太陽《たいよう》の強《つよ》い直射《ちょくしゃ》に晒《さら》されても活《い》き活きとしている。その周《まわ》りには少し日の光が苦手《にがて》なサルビア――赤い細々《こまごま》した可憐《かれん》な花々。

松葉ボタンを中心にサルビアがとり囲み、さらにその周《まわ》りには赤と黄色のカンナの花が咲《さ》き乱《みだ》れて燃《も》えるような色合の花園《はなぞの》だ。

音彦《おとひこ》がたっている脇《わき》をくぐり抜《ぬ》けて、巴《ともえ》が花壇のサルビアの小さな花に手をのばした。

細長《ほそなが》く赤い花弁《かべん》をキュッと引き抜き、根元《ねもと》の部分を吸《す》う。僅《わず》かな量《りょう》だが甘《あま》い蜜《みつ》が口の中に広がり、幸せな気分になる。

ニコニコ顔で振り返り、音彦を見た。少し茶色がかった猫《ねこ》っ毛《け》の巴の長めの髪《かみ》が、やさしく吹く風に、フワリとなびいている。

音彦は、上機嫌《じょうきげん》で元気な巴に、

「甘くてうまいやろ？　けど、あんまり食べすぎたらいかんのやで」

「なんで？」

「サルビアいう花にはなぁ、少しだけ毒気《どくけ》があるんや。ほーんのちょっとやったら大丈夫《だいじょうぶ》やけど、二つか三つにしときや」

「うん、わかった」

そうしてもうひとつ、とばかり、二つ目の花に手を伸《の》ばしたとき、

「いけません！」

びっくりした顔で手を引っこめる巴。

二人の後《うし》ろに、茜《あかね》が厳《きび》しい顔《かお》をして立っていた。

「少しくらい、ええやないか。きれいな花と触《ふ》れ合《あ》えてるんやし。毒言うても、そんなにきつうないで」

音彦の言葉《ことば》には無反応《むはんのう》で二人に近づいて来た茜は、巴の手の中からキュッとサルビアの花弁《かべん》を取りあげて、

「毒性《どくせい》のある花だと知っていて、何で許《ゆる》すんです？　ついつい許すとクセになって、いつか体を壊《こわ》すんです。子供《こども》は加減《かげん》を知らないから」

花壇《かだん》の横《よこ》の焚《た》き火をする盛《も》り土《つち》の上にポイと花弁を投《な》げた。そうしてそのまま二人を見ずに部屋に戻《もど》りかけて振《ふ》り向《む》き、巴に
「昼までに、ピアノのおけいこをなさい。ごはん終《お》わったら、すぐにしなさいよ！」

「ハイ……」

何も答えずにいると必《かなら》ず「お返事《へんじ》はっ？」と、きつい口調《くちょう》で言われる事がわかっているので、巴はすぐに返事をした。音彦は、

「うへぇ、こわいなぁお母《かあ》さん。ほんならはよトウモロコシとって入《はい》ろうや」

今、ここにいる目的《もくてき》。それは、この菜園《さいえん》の奥《おく》に稔《みの》っているトウモロコシの収穫《しゅうかく》である。今日は朝一番に採《と》った物をさっと茹《ゆ》で、皆《みな》で試食《ししょく》してから祖母《そぼ》の福《ふく》と二人で幸大叔母《さちおおおば》の所へ二泊三日《にはくみっか》の泊《と》まりがけで遊《あそ》びに行くのだ。巴のトウモロコシを、幸も企助《きすけ》大叔父《おおおじ》も楽《たの》しみに待《ま》っている。仲良《なかよ》しの妹夫婦《いもうとふうふ》の所に福は比較的頻繁《ひんぱん》に出向く。この

家からは、違《ちが》う路線《ろせん》を三度乗《の》り換《か》えなければならないが、方向音痴《ほうこうおんち》の福は、ナビゲーターと称《しょう》して孫《まご》の巴《ともえ》を連れ出してくれる。おかげで巴は茜《あかね》に遠慮《えんりょ》なく外出《がいしゅつ》出来《でき》るのだ。しかも、行く先には、大好きな順《じゅん》ちゃんが待っている。

巴が来る事が判《わか》っていると、幸大叔母は、二人を遊ばせようと娘夫婦《むすめふうふ》の菫《すみれ》と洋二《ようじ》にも声を掛け、順を呼び寄せてくれる。

順《じゅん》もまた、自分の祖母の家で気の合うはとこ（再従姉妹《またいとこ》）の巴《ともえ》と会える、というわけだ。

けれど、巴がわくわくするのは、順と遊べるからだけではない。

もうひとつの理由《りゆう》。それは、幸おばあちゃんの三輪《みわ》家《け》と、その家風《かふう》にあった。例《たと》えば巴の家に、どんな魅力《みりょく》があるか、と問われれば、それは自然体《しぜんたい》であるという事だ。朝の光の煌《きら》めきや、夜の闇《やみ》、四季《しき》の移《うつ》ろい、日々の時の流れ。そうして父や祖母の暖《あたた》かい物腰《ものごし》、母茜《ははあかね》の厳《きび》しい態度《たいど》さえも、それが自分の生まれた家庭《かてい》というものなら、それは巴の基準《きじゅん》であり原点《げんてん》だ。

普段《ふだん》、巴はそれらの事を普通《ふつう》で当《あ》たり前《まえ》として受け止め、暮《く》らしている。他《ほか》のどんな人だって、自宅《じたく》で過ごす毎日など、当たり前の事だろう。その一方で、自分の家にない素敵《すてき》な魅力《みりょく》を、三輪《みわ》の家《いえ》に行く度《たび》に、巴は感じ取っていた。日常《にちじょう》から離《はな》れ、夢《ゆめ》と憧《あこが》れを与《あた》えてもらえる、そんな空間《くうかん》を、この幸大叔母《さちおおおば》の家庭《かてい》に巴《ともえ》は見出《みいだ》していた。

幸《さち》おばあちゃんのお家《うち》は夢《ゆめ》のあるおうち。いつも楽《たの》しい事が待《ま》っている！

三輪《みわ》家《け》の畳《たたみ》のお部屋《へや》のいつも企助《きすけ》の坐《すわ》っている所のすぐ後《うし》ろ、そこには金色の縁取《ふちど》りのガラスケースに入った、ちいさなからくり人形《にんぎょう》の時計《とけい》がある。その時計の人形は一時間《いちじかん》ごとにラジオ体操《たいそう》の動きをして時間を知らせてくれる。又、お玄関《げんかん》の扉《と》をカラカラと横《よこ》に引き、開《あ》けた右側《みぎがわ》――巴の家ではそこはお手洗《てあら》いだけれど、ここの家には大きな立派《りっぱ》な木の扉《ドア》がある。透明《とうめい》なガラスのノブがついていて、回して開けると「ガチャリ。キィー」すうっと涼《すず》しい空気《くうき》が顔《かお》に当たる。

そこはまっ赤な絨毯《じゅうたん》の洋間《ようま》。黒い艶《つや》やかなタイル張《ば》りの暖炉《だんろ》があり、十畳程《じゅうじょうほど》の広さ。

こげ茶の皮張《かわば》りの大型《おおがた》ソファーに木製《もくせい》のコーヒーテーブル。赤い実のつくクロガネモチや、香り高いキンモクセイといった庭の木々《きぎ》が見えるガラス戸も洋風《ようふう》で白いレースのカーテンが掛《か》かっている。静《しず》かなこの部屋《へや》には、からくり時計とは違う、金色のねじれ振《ふ》り子《こ》時計が置《お》かれており「チッチッチッチッ」とその音のみが響《ひび》いている。

絨毯のせいだろうか。この部屋の中は扉《とびら》を閉《し》めると音が吸い取られるのかしんとしていて、窓《まど》の外に見える、風にそよぐ木々のざわめきも、聞こえない。

この部屋は本当は企助の書斎《しょさい》でもあるのだが、順の父である洋二《ようじ》が時々ギター曲《きょく》のレコードなどかけて聴《き》いていた。それは何のことはない、簡素《かんそ》なソノシートプレーヤーだったが、この部屋に持ち込まれると途端《とたん》にお洒落《しゃれ》な家電《かでん》に見え、三輪家《みわけ》の人達が楽しんでいる姿《すがた》が、また絵《え》になっていて巴《ともえ》は好きだった。

素朴《そぼく》なフォークソングのギターの音色《ねいろ》と、落《お》ちついた雰囲気《ふんいき》の赤い絨毯敷《じゅうたんじ》きの洋間《ようま》。そこから廊下《ろうか》に出て、玄関を左手に奥《おく》へと進むと、木製の建具《たてぐ》の扉《とびら》のお風呂場《ふろば》とお手洗いを経《へ》た突《つ》き当《あ》たり、そこはあかるく開《ひら》けた台所。広さは八畳《はちじょう》ほどあろうか。昼間《ひるま》は切子《きりこ》の星《ほし》の柄《がら》の入った窓ガラスから差し込む表通《おもてどお》りからの日の光で竹張《たけば》りの床《ゆか》がツヤツヤに光っている。

ちょうど部屋の四隅《よすみ》の東の角《かど》にあたる部分にお勝手口《かってぐち》があり、そこから外に出られるのだが、一旦土間《いったんどま》に降《お》りてから扉《と》を開《あ》ける造《つく》りになっている。すぐ横には小ぶりの冷蔵庫《れいぞうこ》。使《つか》い勝手《がって》の良さそうな、ピカピカに磨《みが》かれた流《なが》し台《だい》とガス台。木枠《きわく》の中央《ちゅうおう》に赤いダイヤ柄《がら》のステンドグラスの入った、特注《とくちゅう》の食器棚《しょっきだな》が並んでいて、でもあくまでも竹張りの床を広々といつでも使えますよ、というようにそれ以外は何も置かず、ここで作られたお料理《りょうり》は、そのまた向かい側、廊下を隔《へだ》てた掘炬燵《ほりごたつ》付きの八畳に運《はこ》ばれる。襖《ふすま》を開けると中央に掘炬燵。台所側と反対の角《すみ》に繊細《せんさい》な螺鈿《らでん》の施《ほどこ》された茶棚《ちゃだな》があり、その一番目立つ棚《たな》の中央に金縁《きんぶち》のガラスケースが置かれ、その中には着物を着た小さな男の子の姿《すがた》のからくり時計がある。棚の後ろは丁寧《ていねい》な造《つく》りの出窓《でまど》となっていて、皆の集まるこの和室《わしつ》にも、明るい日差《ひざ》しが常《つね》に差し込んでいる。

巴は大好きだった。

澱《おり》や淀《よど》み、濁《にご》りや曇《くも》りのない、この家《いえ》の雰囲気《ふんいき》が。

自分の家にないあっさりとした乾《かわ》いた明るさ……ここなら夜になっても掛軸《かけじく》の絵を恐《おそ》ろしいなんて思わずに過《す》ごせそうに思う。

茜《あかね》と二人きりになり、気《き》を遣《つか》って会話《かいわ》をして、小さな胸《むね》を痛《いた》める事もない。

「巴ちゃん！　よく来たねえ！　さあさあ、はようおあがりおあがり」

幸大叔母《さちおおおば》は、ゆったりとした関西訛《かんさいなま》りの華《はな》やいだ声《こえ》で、必《かなら》ず出迎《でむか》えてくれる。そうしてまずは、この明るい八畳の間《ま》に通《とお》される。炬燵《こたつ》の上には艶々《つやつや》の蜜柑《みかん》——ここの家の艶々しい蜜柑は、家で炬燵にもぐり、一人握《にぎ》りしめるそれとは別物《べつもの》のように思えてしまう。

「学校ではどないしとんの。楽しくしてるのん？　ずいぶん大きくなったねぇ」

と言いながら、幸《さち》は台所に入って行く。台所で冷蔵庫からサイダーなど取り出しながら、

「姉《ねえ》さん元気そうやないの。ちょっと会われへんかったから、どないしてはんのかと思うてたよ」

「はぁ、別に何という事もあらへんのやけど……あんたとこの駅前《えきまえ》も、えらい（すごく）人が増《ふ》えてにぎやかになってるねぇ」

福《ふく》は自分で編《あ》んだラメ入りの黒レースのポーチから煙草《たばこ》を一本取り出し、マッチを擦《す》って火《ひ》を点《つ》け、ひと吸《す》いしてからふうっと息《いき》をついた。ヘビーとまではいかないが、福はそこそこのスモーカーである。いつ吸うようになったのか、巴は知らないが、家では茜がやや渋《しぶ》い顔《かお》をして、

「火の始末《しまつ》だけは絶対《ぜったい》に気をつけて下さいよ」

などと言われ、遠慮気味《えんりょぎみ》だが、幸の所ではゆったりとリラックスしている。

それは巴も一緒《いっしょ》だった。煙草を吸おうがどうしようが、幸は大抵大《たいていおお》らかで、姉であ

る福に常《つね》に好意《こうい》を持ち、その孫《まご》の巴にもいつもうんと優《やさ》しかった。

茜《あかね》が一緒にここを訪《おとず》れる事も、巴が生まれたての頃は頻繁《ひんぱん》にあったようだが、ここのところ数年は、茜は裁縫師《さいほうし》の仕事が忙《いそが》しく、おいそれとは立寄《たちよ》れないようだった。それがまた、巴にとっては都合《つごう》が良かった。

「今日はお父《とう》ちゃんは帰りが遅《おそ》うなる言うてたし、のんびりでええのよ。晩《ばん》はとんかつ揚《あ》げよう思うてお肉頼《にくたの》んできたし。巴ちゃん、順《じゅん》ももうすぐ着《つ》くさかい（から）、ちょっと待《ま》っとってや」

順がやって来る。すぐに会える——それだけでも嬉《うれ》しくてワクワクするのに、さらに幸《さち》は、

「さて、ほんならおやつにしよう」

と、次なる喜《よろこ》びを運《はこ》んで来てくれるのだ。

三輪家《みわけ》の人々は、食べる事に関《かん》しても、独特《どくとく》の凝《こ》った嗜好《しこう》を持っている。少しばかり贅沢《ぜいたく》なこだわりで何処《どこ》そこのお菓子《かし》だお茶《ちゃ》だと珍《めずら》しい物好《ものず》きではあるが、満艦飾《まんかんしょく》は好《この》まない。

来客《らいきゃく》や外輪《そとわ》の人間《にんげん》を圧倒《あっとう》するものではなく、目にした人が愉快《ゆかい》に驚《おどろ》き、その美味《おい》し

さに納得《なっとく》しつつ、確《たし》かなセンスを見出せる、そんな家風《かふう》。

だから巴は、幸からおやつと言われて、いよいよワクワクするのだ。この家に来ると、何度となく新《あたら》しい発見《はっけん》がある。今日は一体どんな美味しく面白《おもしろ》く斬新《ざんしん》なお菓子《かし》が現れるのだろう。

マリンブルー色のサイダーの瓶《びん》と、上等《じょうとう》な蜜柑《みかん》の艶《つや》やかなオレンジ色が映《は》える赤茶色の炬燵《こたつ》テーブルの上に、白磁《はくじ》のティーカップに入った真紅《しんく》の紅茶《こうちゃ》が運《はこ》ばれて来る。それと、西洋《せいよう》の海賊《かいぞく》が金貨《きんか》を詰《つ》めて抱《かか》えている宝箱《たからばこ》のようなデザインのいぶし銀風《ぎんふう》の缶《かん》。こんな入れ物は今まで見た事がない。

(今回も思った通《とお》り凄《すご》い物が出てきた!)

巴《ともえ》の好奇心《こうきしん》メーターの針《はり》は、今にも振《ふ》り切《き》れそうになるのだった。

「お父《とう》ちゃんがいただいてきたクッキーなんよ。入れ物《もん》がちょっと洒落《しゃれ》てるやろ」

素材《そざい》はブリキなのだが、いぶしの渋《しぶ》さがよく出ていて、蓋《ふた》の所にも蝶番《ちょうつがい》が付いており、そこに南京錠《なんきんじょう》まで掛かっていた。赤い小さな錠前《じょうまえ》を幸《さち》はこれまた小さな金色の鍵《かぎ》でプチッと外《はず》し、カマボコ型《がた》の蓋《ふた》を開けてくれる。

中にはぎっしりと、色々《いろいろ》な菓子《かし》が入《はい》っていた。チョコとバニラの市松《いちまつ》クッキー、ラズベリーとグレープジャムのクリームサンドイッチクッキー、コーヒーアイシングのビスケット、マカダミアナッツ入りメレンゲ、オレンジピールのチョコレートがけ……パッと見ただけで、とても珍《めずら》しいお菓子だというのがわかる。

「さあ、おあがりおあがり。ともちゃん、一番乗《いちばんの》りやから、好きなのたんとお食べ」

巴《ともえ》は甘《あま》く香《こう》ばしい香《かお》りの中、幸《しあわ》せ気分《きぶん》でコーヒーアイシングビスケットに手をのばす。

幸《さち》は涼《すず》しげな、グリーンのグラスにサイダーを注《そそ》ぎ、透明《とうめい》なストローを浮《う》かべて、

「お紅茶《こうちゃ》でもええけど、こっちのも吸《す》いなさいよ……吸いな言うのはちょっと妙《みょう》やけどさ、アハハ」

そんな陽気《ようき》で楽《たの》しい雰囲気《ふんいき》をいつ会っても惜《お》しげもなく与《あた》えてくれる幸に、巴は尊《そん》敬《けい》の念《ねん》すら抱《いだ》いていた。が、清々《すがすが》しく明るい三輪家《みわけ》にいるというのに、ふと、

(母《かあ》さん、どうしているのかしら……)

何故《なぜ》か突然《とつぜん》、忘《わす》れていたい茜《あかね》の事を思い出したりして。

普段《ふだん》自分の家《いえ》とその近所《きんじょ》で過《す》ごす事と、幸《さち》の家で感じるさまざまな刺戟《しげき》を、巴は心《こころ》の中で分《わ》けていた。イヤなこと――茜《あかね》に叱《しか》られたりして、「ウチと三輪家《みわけ》は大違い!」

と思う事もあったが、しかし大抵《たいてい》、この三輪家という場所《ばしょ》は巴にとって、別の特別《とくべつ》な引《ひ》き出《だ》しのような所だった。幼《おさ》な心に泉家《いずみけ》では与《あた》えられない知識《ちしき》やセンスなどが得《え》られる所だと感じられて、それがワクワクする原因《げんいん》だったのかも知れない。

そういう気分――美《うつく》しい物や、気持ちがひかれる物、面白《おもしろ》く感じる言葉《フレーズ》や会話《かいわ》――それらを三輪家の人たちから、使《つか》い方《かた》の見本《みほん》のように示《しめ》され、接《せっ》してもらえる事が、自分の中のもうひとつの愉《たの》しい世界となっているのだった。それらをいつまでも、長く大切にしたいと、巴は思っていた。

「ピンポーン、ピンポーン」

「おっ来た来た、ハイハァイ」

と、ドアチャイムに返事《へんじ》をしながら、いそいそと幸《さち》が立ち上がる。巴《ともえ》も一緒《いっしょ》に長《なが》い廊《ろう》下《か》に出て玄関《げんかん》に向《む》かう。昔《むかし》ながらの玄関の引き戸の磨《す》りガラスの向こうに、大人《おとな》と子《こ》供《ども》のシルエットが浮《う》かびあがっていた。

「開いてるよ。お入《はい》り」

幸の声と同時《どうじ》にカラカラと扉《とびら》を引き、洋二《ようじ》と順《じゅん》が顔《かお》を見せた。

目に爽《さわ》やかな若竹色《わかたけいろ》の細《ほそ》いストライプのシャツにベージュの地のクロスのズボン姿《すがた》

の洋二。ごく薄いブルーのギンガムチェックのワンピースに白のエナメル靴《ぐつ》を履《は》いて、レースのカーディガンをはおっている、まるでお人形《にんぎょう》のような順。足元《あしもと》のくつ下には小さなてんとう虫の刺繍《ししゅう》が施《ほどこ》されている。

「はーい、こんちわー、巴《ともえ》ちゃん、久しぶりだねぇ」

こげ茶《ちゃ》のスエード靴の紐《ひも》をほどきながら、洋二が言う。

「こんにちは、洋二おじちゃん、順ちゃん！」

　順はニコニコ顔だ。巴より少しだけ小さくて、チョボチョボした目をしていて、髪《かみ》はちょっと茶色。えくぼの可愛《かわい》い、見るからに感じの良い女の子。そして父親《ちちおや》の平河《ひらかわ》洋二は、じつはその名を聞けば誰もが知っている日本画家《にほんがか》の嫡男《ちゃくなん》だ。若《わか》いうちから親《おや》譲《ゆず》りの才覚《さいかく》を発揮《はっき》して、と言っても日本画ではなく、イラストやデザインの方面《ほうめん》なのだが、そこそこ世間《せけん》が認知《にんち》しているロゴマークや挿絵《さしえ》などを手がけている。巴は洋二が生み出す、洗練《せんれん》された作風《さくふう》を自分が貰《もら》う年賀状《ねんがじょう》や暑中見舞《しょちゅうみまい》のはがきの中に見出《みいだ》している。丁寧《ていねい》に美《うつく》しく広《ひろ》がるこの叔父《おじ》の世界《せかい》は、小さなハガキの中であっても芸術作品《げいじゅつさくひん》として成《な》り立《た》っていて、あて名の字体《じたい》からしてデザイン化されており、目にする度《たび》に感激《かんげき》するのだった。そしてこの叔父が、ユーモアセンスの利《き》いた、たいそう楽しげな人物《じんぶつ》である事も、巴の特別な引き出しに入る、重要《じゅうよう》な要素《ようそ》なのであった。

順《じゅん》の母親《ははおや》の菫《すみれ》は巴《ともえ》の母《はは》の茜《あかね》とは従姉妹《いとこ》で、とにかく美《うつく》しい人である。何処《どこ》にいても、顔立《かおだ》ちの美しさが際立《きわだ》っているので目立《めだ》ち、その美貌《びぼう》が人の話題《わだい》にのぼる。けれど菫《すみれ》本人《ほんにん》はそんなことにはまるで頓着《とんちゃく》がなく、人からもてはやされてもいつも淡々《たんたん》と素《そ》っ気無《けな》かった。

そして巴は、そんな菫《すみれ》がどことなく祖母《そぼ》の福《ふく》に似ているな、と思っていた。何かこう、世の中の価値観《かちかん》からかけ離《はな》れた所で生きているような、素《そ》っ気無《けな》くてあっさりし過《す》ぎているその物腰《ものごし》が、である。

しかしその一方《いっぽう》で、洋二《ようじ》の美術《びじゅつ》への卓越《たくえつ》した技術《テクニック》と、才能《さいのう》や人間性《にんげんせい》を逸早《いちはや》く見抜《みぬ》き、知りあったデザイン会社《かいしゃ》で、自分から好意《こうい》を伝《つた》えて結婚《けっこん》してしまったという、そんな所を考えると、ただ何に対しても素気《そっけ》ないわけではなく、かなり的確《てきかく》に見定《みさだ》めるべき部分《ぶぶん》は見据《みす》えている、というそんな女《ひと》なのだ。

「あ、そうだ、順ちゃん、私持ってきたよ」

巴は家から持って来て玄関先《げんかんさき》に置《お》いていた大きな赤いバスケットの蓋《ふた》を開けた。中には真珠色《しんじゅいろ》のぷくぷくした実《み》のついた皮付きトウモロコシが三本。

「朝、お父《とう》さんともいで来たの。おじいちゃんにひとつ置《お》いといて、あとはみんなでわけて」

「うわー、白くて光ってるぅ」

順はニコニコ顔をよけいにクシャッとさせて嬉《うれ》しそうにバスケットの中を覗《のぞ》き込《こ》んだ。

福《ふく》がいつの間《ま》にかついて出て来ていて、

「大きいから半分《はんぶん》ずつに折《お》ったらええよ。幸《さち》おばあちゃんに茹《ゆ》でてもらい」

すると幸も、

「ほいほい、ほんならともちゃん、おばあちゃん、これあずかるで」

バスケットを抱《かか》えて、台所《だいどころ》へ戻《もど》る。洋二《ようじ》も福に、「どうも、こんにちはー」と挨拶《あいさつ》しながら一緒《いっしょ》について八畳間《はちじょうま》に入《はい》って行く。

巴《ともえ》と二人きりになった順は、お行儀《ぎょうぎ》よく、脱《ぬ》いだエナメルの靴《くつ》を玄関のたたきに揃《そろ》え、クルッと向き直り、両手《りょうて》を出して、

「ともちゃん！　久しぶり！　会いたかったよん」

と、巴の両手を握《にぎ》りしめ、お遊戯《ゆうぎ》で踊《おど》るようにぶんぶんと振《ふ》ってみせた。振られなが

ら順の小さな、ちょっぴり冷《つめ》たくてぷくりとした両手を握《にぎ》り返《かえ》し、これからどういう風《ふう》に、この二泊三日《にはくみっか》を過《す》ごそうかといよいよ胸《むね》が高鳴《たかな》るのであった。

一歩《いっぽ》遅《おく》れて和室《わしつ》に戻《もど》ると、大人《おとな》たち三人、幸《さち》と福《ふく》と洋二《ようじ》は既《すで》に掘炬燵《ほりごたつ》を囲《かこ》んでだんらんの真最中《まっさいちゅう》である。

「今回《こんかい》は菫《すみれ》はどないしても用事《ようじ》で来《こ》られへんのやて」

今度は緑茶《りょくちゃ》を淹《い》れながら、幸は少《すこ》し残念《ざんねん》そうに福に話している。順を出産《しゅっさん》した後《あと》、デザイン会社で働《はたら》き続《つづ》けている菫《すみれ》は茜《あかね》と同様《どうよう》に、何かと忙《いそが》しく、おいそれと実家《じっか》に来られない。

むしろフリーの洋二の方が日々《ひび》の時間に余裕《よゆう》があり、融通《ゆうづう》がきく。泉家《いずみけ》と三輪家《みわけ》の交流日《こうりゅうび》には、洋二が一人で順を連れて来る事も多《おお》かった。

「まあ、それはちょっと残念やけど、菫《すみれ》ちゃんもご活躍《かつやく》でけっこうな事やないの。茜《あかね》かてすーっかりご無沙汰《ぶさた》やし、また折見《おりみ》てあんたからよろしゅう言うといてね。それにしても、洋二さんがええ人やから、ホント楽しいわぁ」

福の言葉に洋二も、

「いえいえ、僕《ぼく》は空《あ》いてる時間《じかん》が使《つか》えますし、こっちに順と一緒《いっしょ》に寄《よ》らせて貰《もら》えて、息抜《いきぬ》きできるし」

と言いながら、隣《とな》りにあるテレビに手をのばし、スイッチを回《まわ》してプチッと点《つ》けた。

一瞬《いっしゅん》の無反応《むはんのう》から数秒《すうびょう》で、すうっと画像《がぞう》が現《あら》われ、モノクロームの画面《がめん》に男性《だんせい》アナウンサーが、無表情《むひょうじょう》にニュースを読《よ》みあげている。その画面をチラッと見て、洋二はすぐに音量を下げ、宝箱《たからばこ》クッキー缶《かん》から巴《ともえ》と同じくコーヒーアイシングをひとつ手に取り、それもチラッと間近《まぢか》で見てから、カリカリッとリスのような仕草《しぐさ》でかじってみせ、巴《ともえ》と順《じゅん》の方を見た。

洋二と目が合って、そのかじり方が面白《おもしろ》くて、二人はキャッキャと笑《わら》った。

すると女の子二人をさらにあやすつもりか戯《おど》けて、

「ともちゃん、おじちゃんはいつも思ってるんだけど、テレビのニュースの人は真《ま》面目《じめ》すぎてつまんないよねぇ。だってさ、普通《ふつう》に話《はな》せばいいのにロボットみたいにさ、、、、、、、、、、、、「ソウデスカ、ソンナコトガアリマシタカ」なあんて、棒読《ぼうよ》みで、カチン、コチンでさぁ……」

と言ってみせる。その洋二の真似《まね》する、、、ソンナコトガ……の、無表情《むひょうじょう》で固《かた》い所がテレビの人の言い方とそっくりで、二人は余計《よけい》におかしくなって笑《わら》い転《ころ》げる。

さらに洋二は幸に、

「ああそうそう義母《おかあ》さん、さっき来る時に通《とお》りかかったら、お米屋《こめや》さんが驚《おどろ》いてましたよ。福叔母《ふくおば》さんとお二人双子《ふたご》のようだって」

「あらそう？　姉《ねえ》さんの方が、ちょっと上背《うわぜい》があるけどねぇ」

福も、

「そんなに似《に》とらへん思うけど。あんたの方《ほう》が、陽気《ようき》な性分《しょうぶん》やしねぇ。どっちか言うと」

「いやいや、遠目《とおめ》に見ると、歩《ある》き方《かた》とか、ちょっとした物腰《ものごし》とか、よく似《に》てますよ。それでお米屋さん間違《まちが》えちゃって、巴ちゃん連れてた叔母さんにもうちょっとでいつもの注文《ちゅうもん》の話をしかけたそうですよ」

福も幸も笑いながら、

「そんなん言われてもなぁ……知らんうちに、ハタからあんたやと思われとんのやろか」

「二人で歩いとったら、双子婆《ふたごばあ》さんや、言われるんやろなあ」

実際《じっさい》のところ、福《ふく》と幸《さち》は年子《としご》なのだが、巴《ともえ》の印象《いんしょう》としては、幸は明《あか》るく陽気《ようき》で社交《しゃこう》的《てき》。福はにこやかだが、さっぱりあっさりの気質《きしつ》。

見た目そっくりでも、中身《なかみ》はちょっと違《ちが》うのだ。そしてそんなちょっとだけ色あい違いのおばあちゃん姉妹《しまい》の個性《こせい》が、それぞれの家《いえ》の家風《かふう》にそっくりそのまま現《あらわ》れているような気がして、巴はそれなりに納得《なっとく》していた。

私と順ちゃんも、はとこだけれど同じ木の根っこから出た、ちょっと離《はな》れた枝《えだ》どうしってところだなあ。でも――ふと考えた。

(私と母《かあ》さんは？――一番近《いちばんちか》くのはずなのに、同じ枝とは思えない、や……)

茜《あかね》の無表情《むひょうじょう》な横顔《よこがお》が目に浮かんだ。鼻筋《はなすじ》が通った、中高《なかだか》な面立《おもだ》ち。凛《りん》とした容姿《ようし》は確《たし》かに菫伯母《すみれおば》とも少し似《に》ているけれど……

とても冷静《れいせい》に巴は考える。

(母《かあ》さんは、どこかいつも遠《とお》い。そして私のお母さんは、私の方を、見ない)

団欒《だんらん》が続《つづ》く中《なか》、順《じゅん》は少《すこ》し飽《あ》きてきて、

「ともちゃん……」

と、目で合図《あいず》を送《おく》り、すうっと隣《となり》の和室《わしつ》へ続く襖《ふすま》を開《あ》けた。洋二《ようじ》は今やピーナッツの殻《から》を割《わ》り、ますますリスのようにポリポリと食《た》べながら、テレビを横目《よこめ》に幸《さち》と福《ふく》の四方山話《よもやまばなし》を聞《き》いている。

順の開けた襖のすき間から涼《すず》しい風《かぜ》がすうっと入《はい》ったのを大人《おとな》たちは察知《さっち》して、

「ほんなら二人で遊《あそ》びなさい。お絵《え》かきの道具《どうぐ》やら、洋間《ようま》にあるやろ」

けれど順は、

「私《わたし》、お外《そと》に行きたいな。巴《ともえ》ちゃんと二人で。ねえおばあちゃん、行ってもいいかなあ」

「ふん、行ってもええけど、気をつけてな。表《おもて》の通《とお》りは車《くるま》が危《あぶ》ないから、ウラへ行きなさいよ、ウラへ。教会見《きょうかいみ》ておいで」

するど洋二も顔を上げて、

「教会だったら安心だ……お父さんついて行かなくて大丈夫《だいじょうぶ》だな、順」

「ぜーんぜん、平気《へいき》！」順がはりきって言う。

この展開《てんかい》に、巴はまたもワクッとした。玄関《げんかん》の反対側《はんたいがわ》にある三輪《みわ》家《け》の庭《にわ》——この二《ふた》間続《まつづ》きの和室《わしつ》から眺《なが》められる、木々で彩《いろど》られた庭の左側《ひだりがわ》の奥《おく》に、表の道路《どうろ》につながる小《ちい》さな路地《ろじ》がある。車はぎりぎり通れるが、グレーの玉砂利《たまじゃり》がザクザクと敷《し》き詰《つ》められた道《みち》で、近所《きんじょ》の人しか通らない。その静《しず》かな道を二百メートルほど進《すす》むと、突《つ》き当《あ》たりに小さな教会が建《た》っている。

そこまで二人で出掛《でか》けようというのだ。この場所《ばしょ》なら大人達がついて来なくとも、二人で冒険《ぼうけん》するにはちょうど良い。

「今もう三時過ぎやから、四時ちょっと過ぎには戻りなさいよ。半《はん》からお風呂《ふろ》やから。そや、お湯張《ゆは》らなあかん！……」

この家《いえ》の入浴時間《にゅうよくじかん》は、夕方の四時半からと決まっていて、いつもは大体《だいたい》その頃《ころ》に帰《き》宅《たく》してくる企助《きすけ》を待《ま》ったのち、順番《じゅんばん》に入浴《にゅうよく》をすませ、五時半には夕食《ゆうしょく》。そして遅《おそ》くとも八時には就寝《しゅうしん》するのである。今日のように、福《ふく》たちが訪《おとず》れていてもいつも通りに予《よ》定《てい》を進《すす》めていくのが三輪家《みわけ》のやり方。福は少し早めの就寝を持《も》て余《あま》すのだが、二間続きの和室に床《とこ》を取《と》り、巴《ともえ》とふたり、今日のような日は順《じゅん》も一緒《いっしょ》に。

そして幸《さち》と企助《きすけ》は玄関のすぐ正面《しょうめん》にある、もう一つの洋室《ようしつ》を使《つか》い、洋二《ようじ》だけは赤《あか》い洋間《ようま》の大きな皮張《かわば》りソファーで眠《ねむ》るのだ。

対《たい》して泉家《いずみけ》は宵張《よいっぱ》りメンバーの家である。

茜《あかね》と福《ふく》は仕事《しごと》で帰宅《きたく》がうんと遅《おそ》い音彦《おとひこ》を待《ま》ちながらテレビの刑事《けいじ》ものを観《み》たり、洋《よう》画《が》を観たり……巴《ともえ》はひとり、隣《とな》りの和室《わしつ》に寝《ね》ているのだが、夜中《よなか》に掛軸《かけじく》や壺《つぼ》を恐《おそ》れて眠《ねむ》ってしまおうと奮闘《ふんとう》している襖《ふすま》の向《む》こうは実《じつ》は、大人《おとな》二人が煌々《こうこう》と明《あ》かりやテレビを点《つ》けているのだった。しかし今晩《こんばん》は、福と順が一緒《いっしょ》。

巴は、安心この上ないと思うのだった。

「さあ、ともちゃん、行こっ！」

パタパタと小走《こばし》りで玄関に行き、さっき揃《そろ》えた靴《くつ》をそれぞれ持って反対側の庭に出た。

夏の盛《さか》りの庭は、木漏《こも》れ日《び》も眩《まぶ》しく、じわりと暑《あつ》い。庭にある後《うし》ろの方の木々からは、ミンミン蝉《ぜみ》の声《こえ》も賑《にぎ》やかに聞《き》こえてくる。

順も可愛《かわい》く着《き》かざっていたが、巴もお洒落《しゃれ》をしていた。エナメルの黒靴《くろぐつ》に白いレースの靴下《くつした》。紺《こん》と緑《みどり》のタータンチェックのスカートに白い半袖《はんそで》ブラウス。二人《ふたり》で手を繋《つな》いで、引っ張りあうようにして左側のガレージの脇《わき》から玉砂利《たまじゃり》の道へと出た。少し歩《あゆ》んでチラと振《ふ》り返《かえ》ると、福《ふく》と幸《さち》が庭先《にわさき》から手を振っていた。

（やっぱりおばあちゃん達、似《に》てる……）

そう思いながら手を振り返して向きなおると、順と二人グレーの玉砂利の上を歩み出す。

七歳の女の子の重《おも》みではまだザクザクと強《つよ》く踏《ふ》みしめる音までは出ず、時折《ときお》り蹴《け》り飛《と》ばしてしまう石のピシッピシッと弾《はじ》ける音だけが聞こえてくる。

このまま真《ま》っ直《す》ぐに進む先《さき》──ほんの二百メートル程なのだが、少し右寄《みぎよ》りの突き当たりに教会堂《きょうかいどう》が見えてくる。そしてその手前の左側、玉砂利の道にずっと沿《そ》って続く濃《こ》い緑の垣根《かきね》、それが途切《とぎ》れた所にあるアーチを潜《くぐ》ると急《きゅう》に開《ひら》けて、そこだけ丸《まる》く岩壁《いわかべ》に囲《かこ》まれた広場《ひろば》となっている。

この広場には今来た道と同じく一面《いちめん》玉砂利が敷《し》き詰《つ》められ、相当《そうとう》な広さがあり、家《か》屋《おく》ならば四、五軒《けん》は建《た》てられそう……　そして外側と同じく緑の垣根に囲《かこ》まれ、奥にひときわ高い岩壁《いわかべ》がある。壁面《へきめん》は五メートルはあろうか。アーチから一番遠く奥にあたる所には人工《じんこう》の洞《ほら》と水の湧き出る泉《いずみ》があり、洞の中央《ちゅうおう》には、白いマリア像《ぞう》が安置《あんち》されている。

「また来られたね」

「うん。前の時は、雨だったよねえ」

手を繋《つな》いで二人、軽《かる》い足どりでアーチまで辿《たど》り着《つ》き、広場を覗《のぞ》きこむ。

「誰《だれ》もいないね」

三輪家の横から続く垣根に切れ間はなく、左側に唯一《ゆいいつ》あるこのアーチが広場の入り口。

そして、右奥の教会で終わってしまっている袋小路《ふくろこうじ》なのであった。

考えてみれば、本当《ほんとう》にこの教会で、人に出会った事は一度もないなあ、と巴は思った。

（そういえば、教会なのに、神父《しんぷ》さんはいないのかしら？）

ここに来ると何故《なぜ》だか、はしゃぐ気持ちは起《お》きず、落《お》ち着《つ》いた気分《きぶん》になる。

そしてあまりの静寂《せいじゃく》が、ほんのちょっとの不思議《ふしぎ》さも醸《かも》し出していた。

「行ってみよ」

アーチを潜《くぐ》り、二人は洞《ほら》の下まで進む。

微《かす》かな笑《え》みを湛《たた》えているマリア様《さま》。

いつの間にか蝉《せみ》の声も止《や》み、静けさの中にマリア像の透《す》き通《とお》るような白い横顔《よこがお》が美しい。

「わあ……」

「マリア様、きれい……」

その白い穏《おだ》やかな表情《ひょうじょう》が、壁《かべ》を突き抜けた天上《てんじょう》の青空《あおぞら》と一緒《いっしょ》に目に浸《し》みて、見ている内に切《せつ》なく胸《むね》がしめつけられるような気分になる。

巴も順も黙《だま》ってマリア像《ぞう》を見上げている。

空は何て青いのだろう。

この世界は、何と広いのだろう。

そう思ったら、自然《しぜん》と口をついて、二人同時に呟《つぶや》いた。

「巴《ともえ》ちゃんと仲良く過ごせますように」

「順《じゅん》ちゃんと仲良く過ごせますように」

マリア像が、その言葉を聞き届《とど》けたかのように微笑《ほほえ》んだ気がした。お互《たが》い同じ事を祈《いの》っていた二人はびっくりして顔を見合わせたが、すぐに声をあげて笑《わら》った。

「あはは、巴ちゃんおんなじこと言ったよ！」

「順ちゃんだって！」

静かな広場に子供二人の笑い声が響《ひび》くと、一転《いってん》して音楽が鳴るようにそよ風が吹《ふ》き始《はじ》めた。すると二人の足元《あしもと》——岩屋《いわや》の真下《ました》にある、水を湛《たた》えた小さな泉の水面にも波《なみ》風《かぜ》が立つ。細波《さざなみ》が起こり、鏡のようであった水面は、細《こま》かく揺《ゆ》れている。

岩壁の蔦《つた》は青々と壁のほとんどを覆《おお》いつくしているが、それらも吹いてくる風にあわせサワサワと揺《ゆ》れ動《うご》いた。

「じゃあ今度は教会を見ようよ」

順の言葉《ことば》に「うん」と返事《へんじ》をして、再びアーチの外に向かう。巴は潜《くぐ》って出るときに、もう一度チラと後ろを振り返った。洞の中央に白くほっそりとしたマリア像がくっきりと浮かびあがっている。周《まわ》りのグリーンと、びっしりときれいに敷き詰められたグレーの玉砂利。それらが夏の青空に映《は》え、巴の脳裏《のうり》に、しっかりと焼《や》きつけられた。

順ははりきってアーチのすぐ先の右側に建つ礼拝堂《らいはいどう》へと歩いて行く。といっても、いつも中には入《はい》れず外側から眺《なが》めるだけ。ここは普段《ふだん》は開放《かいほう》しておらず、中がどうなっているのか二人は知らない。けれど、その外観《がいかん》は美《うつく》しく、まるでおとぎ話から飛《と》び出《だ》してきたようだ。壁の色こそ地味《じみ》なエンジ色だが窓《まど》は全《すべ》て尖塔《せんとう》アーチ型で、昼間外側から見ても凝《こ》ったデザインだとわかるステンドグラスがはめ込まれている。少なくとも建てられてから五十年は経《た》っているだろうと思われる。上部《じょうぶ》は急勾配《きゅうこうばい》の切妻屋根《きりづまやね》で覆《おお》われ、とんがり屋根の塔屋《とうや》が建物《たてもの》の中央《ちゅうおう》から飛び出すようにそびえている。木造《もくぞう》の古い教会で、開放はしていないものの、中にはどうやら神父様やその他の人達が静かに務《つと》められているようだ。小さな女の子二人を大人《おとな》達が安心して出せる理由――人の気配がないにもかかわらず、安心感があるのはこの建物が何か特別《とくべつ》な威厳《いげん》を放《はな》っているからだろう。そうして巴も順もここへ来る事自体《じたい》がとても好きだった。岩屋のマリア像にご挨拶《あいさつ》をして、外から教会を見て、それだけでいろいろな想像《そうぞう》――例《たと》えばステンドグラスは中からはどういう風《ふう》に見えるのだろう、とか、神父様は一体どんなお顔をしているのかしら、とか、それぞれ空想《くうそう》したりしていた。

「やっぱりここは好きだな……」

順が鼻《はな》から息《いき》を大きく吸《す》い、気持ち良さそうにのびをした。

「うん、私も好き。幸おばあちゃんちも大好きよ、私」

巴の言葉に、順は目を細《ほそ》めてニコニコして頷《うなず》いている。

そう、幸の住まいと、この教会の組み合わせはあまりにも美しく絵になっていた。

巴の家の近所《きんじょ》にも神社《じんじゃ》の傍《そば》に宮《みや》の森《もり》と呼《よ》ばれる場所《ばしょ》があり、そこには大きな西洋式のお屋敷《やしき》があったが、こちらは何だか縦長《たてなが》の、やけに大きな洋館《ようかん》で、窓には全《すべ》てルーバー（羽板《はねいた》）の鎧戸《よろいど》が付いており、それがいつも閉じていて、うっそうとした木々に囲まれているせいか、とても暗《くら》く感じられた。

その家はそれなりに巴の家の近所に溶《と》け込《こ》んではいたけれど……　それにしても、そんな不気味《ぶきみ》な感じの全《まった》くしないこの場所。

まるで、時《とき》が止《と》まったかのような。

二人がうっとりとした気分でなおも眺《なが》めていると、その時……

「スパスパスパスパ……ドゥドゥドゥ」

静《しず》けさは突然破《とつぜんやぶ》られてしまった。驚《おどろ》いて振り向くと、砂利道《じゃりみち》の石をジャリジャリザクザク言わせながら一台の車が入って来た。

丸味《まるみ》を帯《お》びた、クリーム色の車体《しゃたい》。「てんとう虫」と呼ばれている小さな四人乗り自動車《じどうしゃ》が、アーチを通《とお》り越《こ》し、ズバズバ言いながらあっという間にこちらの方に迫《せま》って来た。

ちょっと警戒《けいかい》して後退《あとずさ》った二人の前に車はすうっとすべり込み、運転席《うんてんせき》の男性《だんせい》は、一瞬真剣《いっしゅんしんけん》な表情《ひょうじょう》で計器《けいき》のパネルに目をやってからエンジンを止《と》めた。

再《ふたた》び辺《あた》りは静かになった。

「カチッ」

ドアが開いて、ゆっくりと男《おとこ》が降《お》りて来た。

「やあ、こんにちは」

その人は若々《わかわか》しい青年《せいねん》で、洋二《ようじ》と同じくお洒落《しゃれ》な、感じの良い人だった。ひと目見て怪《あや》しい人ではないとわかった。

「二人で来たの？　ボクはここで時々お手伝いしてるんだけどさ」

「私たち、マリア様を見に来たんです」

順がハキハキと答えた。

「ああマリア様、きれいだよね。もう見て来たの？」

二人が頷《うなず》くと、

「マリア様の前に、お水の湧《わ》いてる泉があるでしょ。知ってる？」

青年は車の助手席《じょしゅせき》から茶色の皮鞄《かわかばん》を取り出し、それを持つと、

「ボクもマリア様に会って来るね」

と、アーチの方に行ってしまった。

青年がいなくなると同時に順は、

「ねえ初めてだね、人に会ったの」

巴も、

「うん。自動車、入って来れるんだね。ビックリしちゃった」

「あの人、誰なんだろうね。教会の人かなあ」

ふと気づけばもうそこそこ時間が経《た》っている。巴は自分の腕《うで》にしている音彦《おとひこ》に買《か》って貰《もら》ったシンデレラの絵柄《えがら》の赤い腕時計を見た。

三時五十二分を指《さ》している。

「あ、順ちゃん、もうすぐ四時だよ」

「おばあちゃんお風呂《ふろ》って言ってたね。帰らなくちゃ……　でも、その前に……」

順は先程《さきほど》の青年のいるアーチの方を見て、

「もう一度マリア様にさよならしていこうよ」

再《ふた》び二人でアーチを潜《くぐ》る。岩屋《いわや》にサクサクと近づくと、先に来て祈《いの》るように、じっと佇《たたず》んでいた青年も顔を上げた。

「やあ、またごあいさつに来たの？」

順と二人、ニコニコしながら、巴はマリア像の方に目を移した。何度見ても変わらぬ、白く気品《きひん》ある姿《すがた》――綺麗《きれい》な横顔――あれっ？

一瞬《いっしゅん》、マリア様の横顔が、茜《あかね》の横顔に見え、目を見張《みは》った。そのとき、青年はびっくりした表情になった巴に気がついて、

「どうしたの？　マリア様に何かあった？」

巴は慌《あわ》てて、

「う、うん……　何でもないです」

真っ赤になって答えた巴に青年は、

「誰か君のよく知ってる人に見えたりしたんでしょ。そういう事はよくあるんだよ。何故《なぜ》だかわかるかい？　それは皆《みな》の心《こころ》とこの場所がつながっているからなのさ」

順が興味深《きょうみぶか》そうに横で聞いている。

「それにね……」

なおも青年は続ける。

「この泉には、真実《しんじつ》が写《うつ》るんだよ。人の本当の姿……ちょっとここに立って泉に写してごらん。もしいつもの通りなら、君たちは、今のまんまが本当《ほんとう》ってことだよ」

「本当？　じゃあもし変《へん》な姿《すがた》だったらどうしよう、ねえ順ちゃん……」

「まっさかあ！　大丈夫《だいじょうぶ》だよう」

二人は恐《おそ》る恐る泉の前まで近づいて、水面《すいめん》を覗《のぞ》き込《こ》んだ。

今は風がないので透明《とうめい》な水は鏡のように静止《せいし》している。

そこに写る二人の顔……　晴れやかで活き活きとした女の子達の元気な顔、が写っていた。

青年は、横からそれを確認《かくにん》すると、

「ああ、お見事《みごと》。ちゃんと可愛く写ってますね。君たちはいい子だって事さ」

そうして自分も加わり、

「ボクもちょっとチェックしよう……」

青年と、巴、順の三人の笑顔が水面に晴れ晴れと写っている。それを見届《みとど》けると、

「はい。全員合格《ぜんいんごうかく》。みんな今のままで問題なしですよ。それじゃあそろそろボクは仕事《しごと》をしに行きます。君達、まだここで遊《あそ》ぶのかい？」

「ううん、私たち今からお家《うち》に戻《もど》ります」

順が答えると、

「そう、じゃあ気をつけてね。また会えるかもしれないね」

と、あっさりと言った。順は、

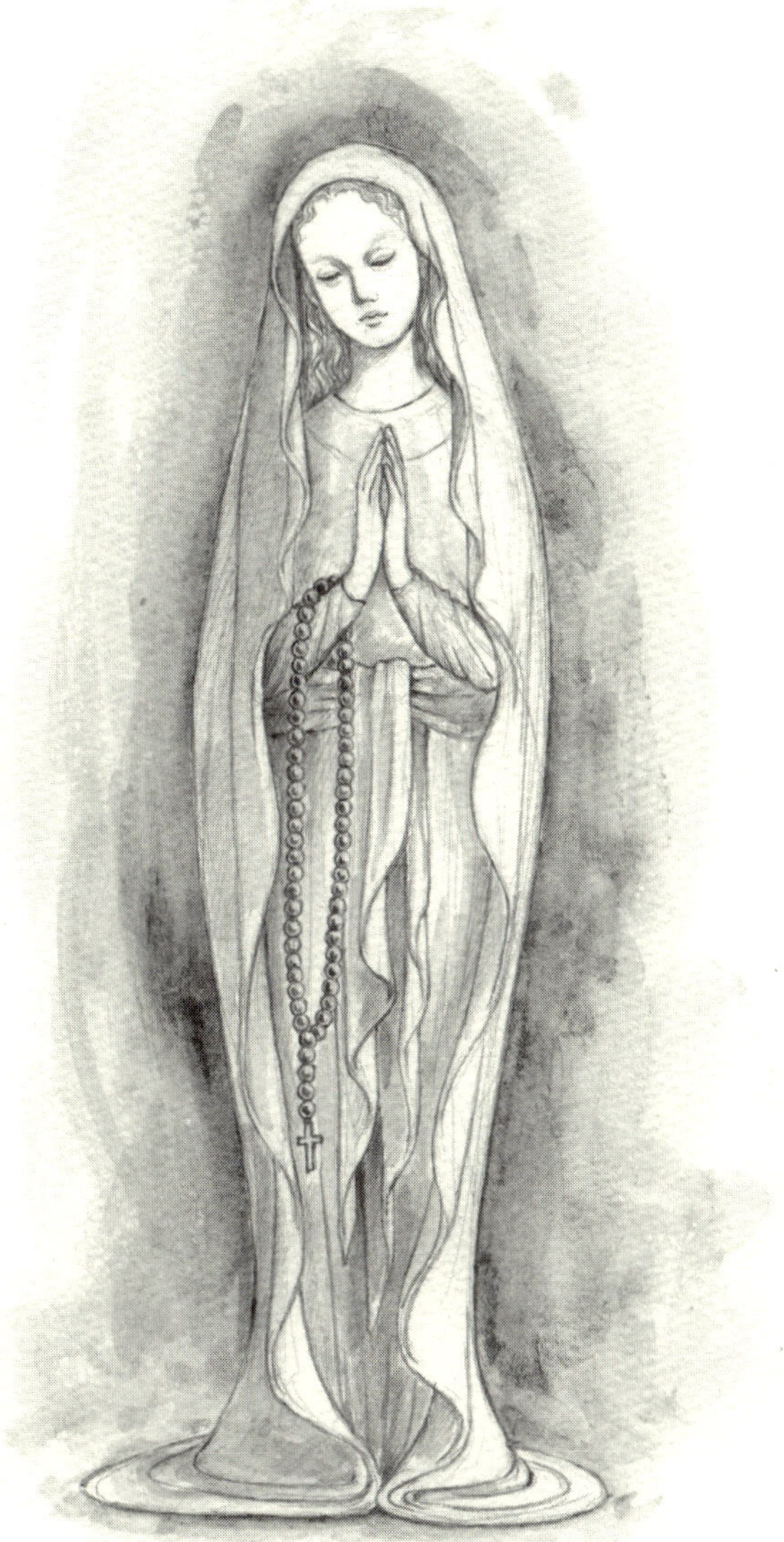

「その前に、ちょっとマリア様に」

と、前に進み出て、

「さようなら、マリア様」

巴も順に倣《なら》って
「さようなら、また来ます」

ぴょこんとお辞儀《じぎ》した。

青年は車から持って出た鞄《かばん》を持ち、前をザクザクと歩いて行く。二人も後を追う。

彼の歩く震動《しんどう》にあわせて鞄《かばん》がふわんふわんと揺《ゆ》れて、半開きの皮《かわ》の蓋《ふた》がめくれ、中に入っている本の表紙《ひょうし》がチラッとのぞいている。

そこにはＨＹＭＳのアルファベットが。

教会で歌われる歌の楽譜《がくふ》であった。

アーチを潜《くぐ》ると青年は、

「じゃあここでお別《わか》れだね。本当に気をつけて帰るんだよ。お家の近くまでついて行ってあげてもいいんだけれど……」

するど順は、

「大丈夫です。すぐ近くだから。ね、巴ちゃん」

「はい、大丈夫です」

二人共、七歳とは思えないしっかりした口調《くちょう》で答えた。

青年は安心したように微笑《ほほえ》んで、

「そう、それじゃ見ていてあげるから二人で歩いて行ってね。ボクはここでこれからオルガンのお稽古《けいこ》があるから。それじゃあね」

「オルガンを弾《ひ》くの?」

巴は思わず尋《たず》ねた。

「うん、そうだよ。日曜日にみんなが集《あつ》まったときに歌うお歌のお稽古さ。ボクは伴奏《ばんそう》を弾《ひ》くのだけれど、神様にさしあげる音楽なんだよ」

「ふーん。お兄《にい》さんはオルガンの先生《せんせい》?」

「うん、まあそんなところかな。普段《ふだん》はピアノを弾《ひ》いてるんだけど、教会《きょうかい》の中には大きなオルガンがあるんだよ」

二人は青年が、この教会の中のオルガンを奏《かな》で、きれいな声でみんなが歌う所を想像《そうぞう》した。

（日曜日か……その頃には私達はもうそれぞれの家に帰ってしまってる。ああ、でも見てみたいなあ。どんな音楽《おうた》なのかなぁ）

しかし、もう本当に戻《もど》らなければならない。

後《うし》ろ髪《がみ》を引かれる思いではあったが、

「じゃあ、さようなら」

「それじゃあ、またね。見ててあげるから、もう行きなさい」

自分の車《くるま》の横に立ってずっと見ていてくれる青年に、手を振りながら、砂利道《じゃりみち》を幸の家まで歩く。でも帰りは庭から入らずに、一旦《いったん》大通りに出てすぐ左に折《お》れて玄関《げんかん》に回った。

門扉《もんぴ》の左右《さゆう》に内側から通る貫木《かんぬき》は外《はず》れていて、押すとすぐに開いた。

「ただいまぁ」

カラカラと扉《とびら》を引き、再《ふたた》び玄関で靴《くつ》を脱《ぬ》ぐ。

「ハイハイ、おかえりぃ」

すぐに奥から幸《さち》が飛んで来てくれた。

「どうやった、教会は？」

二人は立ったまま、少し興奮《こうふん》して、

「あのね、知らないお兄さんが来てね……」

と言うと、途端《とたん》に幸は怪訝《けげん》な顔をして、

「知らん人がおったんかいな。ほんならおばあちゃん、ついてった方がよかったなあ」

そして奥に向かって、

「姉さぁん、教会に男の人がおったらしいわ」

その言葉《ことば》に福《ふく》も驚《おどろ》いて出て来て、

「そらちょっとあかんなぁ、ともちゃん、どんな人やったん？　怖《こわ》いおじちゃんやったの？」

二人はかぶりを振《ふ》って、口々に
「ちがうよ、すごく優《やさ》しいお兄さんだったよ」

「お家に送ってあげるって言われたよね」

しかしその言葉で大人《おとな》達にはますます警戒《けいかい》されてしまい、

「そらあかんこと。お父ちゃんには言われへんわ……　ようそんな二人で出しましたな、言うて、私が叱《しか》られてしまうわ」

もはや、順と巴がどんなに違《ちが》うと行ってもオルガン弾《ひ》きのお兄さんは、ワルモノにされてしまった。洋二《ようじ》はこの小一時間《こいちじかん》、ずうっと夏の涼《すず》しい掘炬燵《ほりごたつ》に足を入れて寛《くつろ》いでいて、今や紅茶《こうちゃ》を飲んだ後の出涸《でが》らしティーバッグを絞《しぼ》って両眼《りょうめ》に一バッグずつ当て、あお向けに身体《からだ》を半分出して仮眠《うたたね》していたが、何事かと起きてきて、

「父さんが、やっぱりついて行けば良かったね。ごめんな順、巴ちゃんも。二人で行かせて。怖《こわ》かったかい？　これからも気をつけるんだよ。知らない人について行かないんだよ」

確《たし》かに、世の中にはとんでもない悪人もいるから、大人達の言う事はその通りではあるが、これは完全《かんぜん》に実際《じっさい》とは食《く》い違《ちが》っている、と巴も順も思った。

それにしても先程《さきほど》二人で過ごした教会での体験《たいけん》は、えもいわれぬ雰囲気《ふんいき》を醸《かも》し出していた。

抜けるような青空と静けさ。マリア像の白さと岩壁《いわかべ》に映《は》える緑の蔦《つた》の葉。そしてレンガ色の教会……泉《いずみ》に映《うつ》る自分たちの姿《すがた》……

その空間《くうかん》の素晴《すば》らしさと、大人達の言う、危険《きけん》という言葉の二つはどうにもかけ離《はな》

れ、ピントがずれていた。

「まあまあ、今日のところは何事もなくて良かったわ。もう二人だけで行ったらあかんよ。そうや、お父ちゃんの帰って来る前に、子供二人でお風呂入りなさい。ちょっとぬるめに焚《た》いてるから、入ってしまい……」

そういえば、この玄関の廊下《ろうか》には、プーンと入浴剤《にゅうよくざい》の香《かお》りが漂《ただよ》っている。

廊下の左手、台所との間に浴室があるのだが、ここの家の風呂は贅沢《ぜいたく》な事に総檜《そうひのき》で出来ている。だからお湯を張るだけでも檜本来《ほんらい》の香《かお》りで満《み》ち、自然の木の香りは、この上ない贅沢なはずなのに何故か幸の決まりで、蛍光《けいこう》グリーンの入浴剤をたくさん入れてしまうのであった。

でもその濃い香りが、まだ明るい夕方の早い時間に廊下中に漂《ただよ》い、檜の強い香りと戦《たたか》うように香《かお》って来るのを楽しむのは何とも気持ちが良かった。

そうして今まさに、順と二人でその緑《みどり》の湯船《ゆぶね》に浸《つ》かっている。

「おばあちゃんたち、わかってないよねぇ。お兄さん、いい人だったのに……」

順はたっぷりのグリーンの湯《ゆ》を手で掬《すく》って顔にかけながら不満《ふまん》そうに呟《つぶや》いている。

巴も、

「うん、あのお兄さんに会ったらいっぺんに大丈夫《だいじょうぶ》ってわかってニコニコするよね」

（でもおばあちゃんたちは心配《しんぱい》してくれているのよね）

と、巴は心の中ではわかっている。

湯気《ゆげ》の立つ浴槽《よくそう》は、蛍光《けいこう》グリーンの温《あたた》かい湯で満たされ、その中に身を浸《ひた》しながらお喋《しゃべ》りしていると、それもまた幸《しあわ》せな気分、というもの。台所とお揃《そろ》いの星の切子柄《きりこがら》の磨《す》りガラス窓《まど》の外は、夏の夕方でまだまだ白く明るい。

「明日《あした》は何してあそぶ？ お父さんにおもちゃ屋さん、連れていってもらう？」

「うん。行きたいな、私。おばあちゃんに、お誕生日《たんじょうび》にお願いしてあるお人形《にんぎょう》、見たいなあ」

「スカーレットちゃん？」

「うん。お洋服《ようふく》いろいろあるの、見たいから」

「じゃあ行こうね、明日《あした》」

駅前《えきまえ》の玩具店《がんぐてん》にはここに来る度《たび》に立ち寄り、福に甘《あま》えていろいろと買《か》って貰《もら》っている。

いつも帰りに寄《よ》るのだが、明日洋二《ようじ》に早ばやと連れて行ってもらい、「下見《したみ》」をしようと巴は考えたのだった。

「あー、なんかもう暑《あつ》いや、あがろうかな」

順がすうっと湯の中で立ち上がったそのとき、

「ディーンゴーン、ディーンゴーン」

「わっ！」

二人は思わず小さな声を上げた。

「これ、教会の鐘《かね》？」

「鳴《な》ってる……　五時ちょっと前……　なのかな？」

「ディーンゴーン！　ディーンゴーン！　ディーンゴーン！……ディーンゴーン……

…」

その鐘の音――今までもここに来る度に幾度《いくど》となく聞いた気はしていたが、こんなに大きく聞こえたのは初めてだった。今日はイヤにはっきりと、間近《まぢか》で聞こえて来る。

そのまま湯の中で裸《はだか》で立ちつくし、その音を聞いた。鐘の音は長く何度《なんど》も鳴り続けた。

家のチャイムのピンポーン、という音や、よく歌などに出てくるキンコーン、という音ではなく、もっと深《ふか》く響《ひび》く「ディーンゴーン」という音。その音が何度も鳴る内に重《かさ》なって不思議《ふしぎ》な気分になってくる。まぼろしの世界が現れて来るような感じのするその音を聞くうちに、巴は昼間《ひるま》の教会の様子《ようす》を再度《さいど》思い出していた。

（この鐘の音は——きっと教会の塔《とう》の所の鐘だから、今そこで誰かが鐘を撞《つ》いているのね）

ぼんやりと考えていると順が、

「ねえ、どんな人が鳴らしてるのかなあ」

まさに二人、同じことを考えていたようだ。

風呂からあがり、色違《いろちが》いのシアサッカー《seer sucker》地のパジャマに着替《きが》えて畳《たたみ》の部屋で寛《くつろ》いでいる。

幸《さち》たちは夕餉《ゆうげ》の仕度《したく》に忙《いそが》しく、洋二もテレビの相撲《すもう》に夢中《むちゅう》。大人《おとな》は誰も傍《そば》にいない。

「だってさ、あのお兄さんはオルガンの練習《れんしゅう》って言ってたからあの人じゃないしさ。でも他には誰もいなかったよね。一体誰が鳴らしてるんだろう……？」

順に言われて巴も急《きゅう》に鐘の事が気になり始めた

（神父さんが鳴らしてるのかな？　どんな所でどうやって鳴らすのかしら？　高い

所にあるのだから、上のお部屋に登《のぼ》って行くのかなぁ……　それにしても教会の中は、どうなっているのかしら？　オルガンのお兄さんは誰が鳴らしてるのか知ってるのかしら。私も一度、中をのぞいてみたいなぁ）

そう思っていたら、さらに順が、

「私、見に行ってみたいな。鐘の鳴る前に、あそこにいて中を覗かせてもらえば誰が鳴らしているのかわかるじゃない！　巴ちゃん、明日また二人で行ってみようよ！」

「でもダメだよ。おばあちゃん、もう行っちゃいけないって言ってたじゃない」

巴の言葉に順は悪戯《いたずら》っぽく目をパチパチさせて、

「そんなの大丈夫《だいじょうぶ》……お部屋で遊んでるふりして、抜《ぬ》け出《だ》せばいいんだよ」

「えぇーっ、ムリだよう、ぜったいムリ」

（そんな事をして、もし見つかったら……）

急に恐《こわ》くなった。しかし順はさらに、

「ちょっとだけ見に行って、すぐ戻《もど》ればいいじゃん。もし又あのお兄さんに会えれば、中に入《い》れて貰《もら》えるよ、きっと。ねぇ行こうよ。おばあちゃんたちだって、あの時間はおやつやおしゃべりばっかりしてるんだから、ちょっとぐらいいなくてもわかんないよ」

「でもし、途中《とちゅう》でわかっちゃったら、おばあちゃん心配《しんぱい》するよ。そしたらすっごく叱《しか》られる……　じゃあ、ついて来てもらおうか」

「えーーっ、やだよう、それはやだ……」

大人《おとな》がついて来るのを何故即座《なぜそくざ》に順がいやだと言ったのか、巴には解《わか》る気がした。

あの場所に漂《ただよ》っていた空気《くうき》──それは大人たちの思いもよらない特別《とくべつ》な物だ、という事に、巴も気づいていたから。

私達二人だけにわかる世界があの場所にはあって、そこに大人達が来ると、三輪家《みわけ》の楽しさも何もかも夢《ゆめ》から覚《さ》め、魔法《まほう》がとけてしまうような、そんな気がした。

(順ちゃんと二人だけで行きたいな。そうっと行ってすぐに戻れば大丈夫かな)

「じゃあ明日おもちゃ屋さんのあと、ちょっと見に行く?」

巴が言うと順はうれしそうに、

「内緒《ないしょ》だよ。だってあんなにきれいな鐘の音、誰が鳴らしてるのか、知りたいんだもん」

と、その時、玄関の外で小さな咳払《せきばら》いが聞こえ、カラカラと扉が開く音がした。

二人が廊下《ろうか》を覗《のぞ》くと、企助《きすけ》が立っていた。

この家《や》の主《あるじ》で幸《さち》の夫《おっと》。大学で地質学《ちしつがく》の教授《きょうじゅ》をしている。麦稈真田《ばっかんさなだ》の麦《むぎ》わら帽子《ぼうし》を被《かむ》り、銀縁《ぎんぶち》の丸メガネで暑《あつ》いのに背広《せびろ》姿。気の良さそうな、でも見ようによっては神経《しんけい》質《しつ》な感じもする風体《ふうてい》の大叔父《おおおじ》である。

「あれ、順。巴ちゃんもいらっしゃい。よく来たねえ」

二人を見て笑顔《えがお》で言う。

「おじいちゃん、こんばんは」

「こんばんは」

幸《さち》も奥から
「ああ、お父《とう》ちゃん、おかえり。割《わり》と早かったやないの」

と、いそいそと出て来た。

「うん。おそうなると思うとったら意外《いがい》とはよ会合《かいごう》が済《す》んだのや」

「今夜《こんや》は福姉《ふくねえ》さんも洋二《ようじ》さんもいてはるよって、皆でにぎやかにごはんなんよ」

「おお、ええなあ。ほんならまず風呂へ入《はい》るわ」

二人の頭《あたま》をかわるがわる撫《な》でながら、企助《きすけ》は着がえをしに玄関脇《げんかんわき》の洋間に入って行った。

まだ早い時間からの宴《うたげ》は、その後すぐに始まり、巴は上手《じょうず》に育てあげる事の出来た、真珠色《しんじゅいろ》のトウモロコシを夕餉《ゆうげ》の食卓《しょくたく》の中に加えてもらえ、上機嫌《じょうきげん》であった。思っていた通り、企助から、

「巴ちゃん、よく出来てるトウモロコシだねぇ。おじいちゃんにわけてくれてありがとう」

と言われて大満足だった。

そうして晩《ばん》の食事のあとはまだ早いうち、いや巴にとっては普段《ふだん》と同じ時間帯《じかんたい》ではあるのだが、就寝《しゅうしん》の時間が来て今晩は順《じゅん》と福《ふく》と三人なのでこれから眠《ねむ》るというのにウキウキしてしまうのであった。福は家族全員のあと、最後に入浴中《にゅうよくちゅう》である。部屋に順と二人きり。

「巴ちゃん、明日の作戦《さくせん》上手《うま》くいくといいね」

「う、うん、そうだねえ……」

しかし、サラサラのシアサッカー地のパジャマとフカフカの羽根布団《はねふとん》の心地《ここち》良さ。加えてゆるくかかる扇風機《せんぷうき》の心地《ここち》好い風が相《あい》まって早くもトロトロしてきた。そんな

巴の様子《ようす》を察知《さっち》した順が眠らせまいと、

「ともちゃーん、起きて起きて！　おばあちゃんがお風呂からあがる前にお話ししようよ！」

そんな順の声かけも、まるで隣《とな》りの部屋から聞こえて来るかのように、遠くなってきた。

「ともえちゃーん……」

「巴、ともえーっ」

「巴、起きなさい！」

ハッと目を開け、我《われ》に返《かえ》った。部屋は暗《くら》い。順もいない。福は……？

横に誰か寝《ね》ている。お布団《ふとん》のふくらみからして、これは大人……

（あっそうだ！　福おばあちゃんが連れて来てくれたんだもの。この人は福おばあちゃんだ）

暗がりのなかでそうっと様子を窺《うかが》う。

（でもおばあちゃんより小さく見える……誰、順ちゃん？……誰？）

やがて目が少し慣《な》れてくるとうっすら様子が見えてきた。雨戸《あまど》は閉《し》まっているがそとは何となく白《しら》んでいる。夜明けも近いのだろうか。

やっぱり順はいなくなっている。

(もしかしたら順ちゃんは洋二おじちゃんの所で寝ているのかもね)

そう思って、又目を閉じようとしたそのとき、隣りに寝ていた福《ふく》がムクリと起き上がった。

けれど、それは……

(お母《かあ》さん!?)

巴は、下手《へた》な幽霊《ゆうれい》を見たときよりも恐怖《きょうふ》を感じた。自分の母《はは》なのに、起き上がったその人物《じんぶつ》が茜《あかね》だった事に、息《いき》が止《と》まるほど驚《おどろ》いた。

驚いたと同時に思わず寝たふりをし、目を瞑《つむ》った。

しかし茜《あかね》はすうっとこちらに手をのばし、

「巴《ともえ》」

と、声を掛けてきた。

何と答えていいのかわからない。するともう一度、

「巴ちゃん、起きてる?」

そう言われては、いつまでしらん顔も出来ない。
「お母さん……どうしてここに？　おばあちゃんは？」
茜はそれには答えず、いきなり
「巴、今までごめんね」
と、あやまる。その言葉にも、何と言ったらよいのかわからず、どぎまぎしていると、
茜はさらに、
「お母さん、ちょっと厳《きび》し過《す》ぎたわね。これからはもっとあなたの気持ちを考える
からね」
「お母さん……」
（わかってくれていたんだ。私の寂《さび》しい気持ち。もっと本当はお母さんに甘《あま》えてみ
たかった。ああ、もう大丈夫。私はお母さんに何でも話せる――失敗《しっぱい》しちゃっても心
の底からごめんなさいって言える。良かった――本当に良かった――）
「お母さん、私、もっともっとがんばって、いい子になるからね。何でも話して、
お勉強《べんきょう》もピアノもちゃんとお稽古《けいこ》して、きちんとするから」
茜は暗がりの中、寝巻姿《ねまきすがた》で横坐《よこすわ》りしたまま、ニコニコとして頷《うなず》いている。

巴の胸の中に温かい気分がこみあげてきた。

そして、はっきりと解《わか》る。この今の気分。

これは忘れてはいけない大切《たいせつ》な気持ちだ。

人は皆、この気持ちになりたくて生きているのね——

「お母《かあ》さん！」

今まで、決して出来なかったこと。そう、即《すなわ》ち、母《はは》に抱《だ》きつくという行動《こうどう》にこのとき、巴は初《はじ》めて出《で》た。母の身体《からだ》の感触《かんしょく》——今まで、みるだけであった茜の顔。頬《ほほ》に自分の頬を当て、母の首に両腕《りょううで》を回してピタリとくっつけた。母の柔《やわ》らかさ、温《あたた》かさ。

それらが押し寄せる中、黙《だま》って目を閉じていると、母も小さく、

「巴ちゃん……私の大事な……」

と耳元《みみもと》で囁《ささや》いた。

たった七年間ではあるけれど、今まで溜《た》めてきた心のダムの水を放流《ほうりゅう》させてしまいそう。

放流のあとは、水は川へと流れ込み、やがて安心なせせらぎへと落ち着くことだろう。

そうなったらどんなにいいかと、ずっとずっと小さな胸《むね》を痛《いた》めていたけれど、今やっとそのときが来たのだ。

暗がりの中で、じいっと茜に抱かれ、嬉《うれ》しさをかみしめて目を閉じている……と、

「巴ちゃん、ともえちゃあん、もう朝よ。はよ、起きなさい」

ハッと我《われ》に返《かえ》ると、福《ふく》が覗《のぞ》き込《こ》んでいた。

夢《ゆめ》、だったようだ。

「おばあちゃん……」

福はちょっと不思議そうに、

「おはよ。どないしたん？　あんた、よう寝《ね》とったで。おばあちゃんはなかなか寝られんでなあ。ちょっと寝る時間早すぎたさかい」

と、笑顔《えがお》で言った。

（なあんだ、ユメだった……のか……）

そう思った途端《とたん》、胸の奥にある小さな薄《うす》い紙《かみ》がクシャクシャクシャと折れ曲がり、涙《なみだ》が溢《あふ》れ出た。福は、そんな巴に驚いて、

「何や、こわい夢やったの？　おおよしよし、もうおばあちゃんもみんなもいてる

し、朝やから大丈夫よ」

と、大きな男の人のような乾いた手で包《つつ》み込《こ》み、頭を撫《な》でてくれた。

福の手の感触《かんしょく》は、母のそれとは違うなあ、おばあちゃんは、おばあちゃんだと思う。

福に慰《なぐさ》められて、溢《あふ》れた涙《なみだ》もすぐにひっ込み、乾《かわ》いた気持ちで静かに思う。

だって夢の中だったけれど、あんな事は初めてだったけれど、私は知ってしまったもの。お母さんってあたたかいんだな、と。

先に起きて、もう仕度《したく》の整《ととの》った順が、

「おはよう!」

と元気に入って来た。

「昨日《きのう》洋二おじちゃんのトコで眠ったの?」

と尋《たず》ねると、

「ううん、横で一緒に寝てたよう! 巴ちゃん、先に寝ちゃってたじゃないのさ!」

と笑いながら言った。

「さあ、ほんなら朝ごはんや。みんなにもおはようさんしといで」

「はぁい」

大急ぎで洋服に着替《きか》えて、髪《かみ》も整《ととの》え、顔《かお》も洗面所《せんめんじょ》でパパと洗《あら》おうと行ったら、企《き》助《すけ》が既《すで》に朝食を終《お》え、出かける所だった。

「おう、おはよ、巴ちゃん。ちょっと待ってな、おじいちゃん、すぐすませるよって」

企助は今日も勤《つと》めがあるので朝食もそこそこに出掛《でか》ける用意をしている。洗面所で顔や髪をさっぱりと整え、廊下《ろうか》の作り付けのフックに掛かっている帽子《ぼうし》を取り、

「ほな、行ってくる」

少し大きな声で言うと、奥から幸《さち》が来て、

「はいはい、いってらっしゃい。気いつけて」

「今晩は普通《ふつう》や。また皆でごはん楽しみやな」

磨《みが》きあげた黒靴を靴べらを使ってササッと履《は》いて、カラカラと玄関扉《げんかんとびら》に言わせて出掛けて行った。巴たちも、

「いってらっしゃーい」

と、見送って、次は朝食、と、炬燵《こたつ》の部屋《へや》へ向かう。福がすでにトーストや目玉焼き、新鮮《しんせん》で美味《おい》しそうなサラダなどなどたくさん並べてくれていた。洋二はほぼ食べ終え

て、コーヒーを飲みながら、新聞《しんぶん》片手にニコニコと、

「やあ巴ちゃん、よく眠れましたか？」

その頃にはもう巴はすっかり目《め》も覚《さ》め、気持ちもしゃっきりして、

「はい、おじちゃん、おはようございます」

そう言って順と食卓《しょくたく》についた。

慌《あわ》ただしい朝食を手早く済《す》ませ、午前十時に駅前のおもちゃ屋に洋二と出掛ける。

実はそこの玩具店《がんぐてん》のそばにもう一つ教会があるのだが、そこのマリア様は、ビルの屋上から見おろすような位置にあり、夜《よる》にはライトアップされ、華《はな》やかな事この上なかった。だが巴はそのマリア様を見ても、何も感じないのだった。その教会は白い現《モ》代的《ダン》なビルで、幸《さち》の家のウラの教会とは、全く違《ちが》うたたずまい。昼も夜も人で賑《にぎ》わっている場所にあり、誰もがマリア様を目にする。が、順も巴と同様、ここに来ても何も言わない。順のことだから、感激《かんげき》すれば必《かなら》ず、

「マリア様、ステキ！」

と口に出すはずだが、全《まった》く話題《わだい》にしない。彼女もここには無関心《むかんしん》なのだろう。

そして洋二もまた、そんな所には何の関心もなく、二人をおもちゃ屋に連れて来て、

「おじちゃんが買ってあげるよ。今日は特別《とくべつ》にさ。何でも好きなの選《えら》んでね」

と、巴に言い、順などはそれを聞いて、当たり前の顔をして人形の豪華《ごうか》な家具《かぐ》を選んでいた。巴はちょっと控《ひか》えめに洋服セットにして、早ばやと手に入ってしまったそれらを抱《かか》え、再《ふたた》び戻《もど》ってきた。

「おじちゃん、どうもありがとう」

「どういたしまして。あのお店にはいいお洋服がたくさんあったねえ。また行こうね」

出迎《でむか》えた福は、

「まあまあ洋二さん、巴の分まですんません。お世話になってしもうて。良かったなぁ巴」

そんなやりとりの中、順は自分の買って貰った大きなダイニングテーブルセットと細かなカトラリーの箱《はこ》を抱えてサッサと赤い洋間に入って行く。そうして再び出て来て、

「私、お昼からは、ずーっとこれで遊《あそ》ぶね。巴ちゃんも一緒《いっしょ》にね!」

と、大声《おおごえ》で言う。大人たちは、

「ああ、順ちゃんも良かったなぁ。よっぽど気に入ったんやな。ほいほい、そんなら思う存分《ぞんぶん》、ゆーっくり遊んだらええよ」

「そしたら、ちょこっとサンドイッチがあるよって食べてからにしなさい。早昼《はやひる》やな」

「はあい。巴ちゃんも食べようよ」

順は調子《ちょうし》よく大人にあわせて巴を導《みちび》く。

なに、巴だってわかっているのだ。だってこれからが、今日の本番《ほんばん》。

この後《あと》、二人で洋間で遊んでいるフリをして、抜《ぬ》け出《だ》すつもりなのだから。

「ねえ、そろそろじゃないの?……」

順《じゅん》は人形遊びなど上《うわ》の空《そら》で、赤絨毯《あかじゅうたん》の部屋の庭側のガラス戸をそうっとずらし、庭の様子《ようす》を窺《うかが》っている。この部屋から祖母《そぼ》たちのいる部屋は一番遠いので、こっそり庭へ出て、そのまま玉砂利道《たまじゃりみち》へ抜《ぬ》け出《だ》せるのだ。

「だけど、まず靴《くつ》を取ってこなくっちゃ」

巴《ともえ》の方は入り口のガラスのノブのドアを開けようとした。

「シッ! ともちゃん、それ回すとキィッていうから、ゆーっくり、静《しず》かにね」

順に言われ、巴は緊張《きんちょう》しながらそうっとノブを掴《つか》み、両手で押《お》さえ込《こ》むようにしてゆっくりと回す。

「……キィー……」

少しだけ音がしたが、廊下《ろうか》の果《は》ての和室までは聞こえない。ほんの二メートル先の玄関前の上がり口のすぐ下に、二人のエナメル靴《ぐつ》がちょこんと仲良く並んでいる。巴はつま先で立って、ササササと進み、二足をつまむように取ると、上手《うま》く音を立てずに洋間に戻った。

「ホゥ……」

順と顔を見合わせて、安堵《あんど》のため息をつく。

「じゃあ次はお庭に出ようよ。あの道は石だらけで音がスゴいから途中《とちゅう》まではだしで行こ」

うん、と頷《うなず》いて順の後に続《つづ》く。巴は自分の腕時計《うでどけい》を見た。三時三十分。抜け出すには丁度《ちょうど》良い。今日は洋二が午後から出掛けていて、福《ふく》と幸《さち》二人きりなのだ。おそらく幸はテレビを観《み》ていて、福は眠れなかった昨夜の分を今取り戻すべく昼寝中。こちらからの様子《ようす》も、しんとしていてしばらく動きがなさそうだ。

チャンス到来《とうらい》! 今ならそっと教会へ行き、お願いして中に入《い》れて貰《もら》えるかもしれない。

上手《うま》く行けば鐘《かね》のある塔屋《とうや》だって見せて貰《もら》えるかも……

見つかって叱《しか》られる事よりも、教会の鐘を誰《だれ》が鳴《な》らしているのか、それを確《たし》かめる事の方が何故《なぜ》かずっと大事な気がしていた。

「さあ、出かけよ……」

「うん」

ガラス戸を開け、順が出て、巴は後に続く。

裸足《はだし》で夏の乾《かわ》いた庭土の上を音を立てずに進み、ガレージの横から砂利道へと腰《こし》をかがめて脱出《だっしゅつ》した。ガレージすぐ脇《わき》の幸と福のいる和室の横を通るときは、慎重《しんちょう》に一歩一歩ふみ込み、同時に中の様子も伺《うかが》いながら通る。

内側はしんとしていて、ただ出窓《でまど》の下に付いている四角いクーラーの室外機《しつがいき》がブーンブーンとうるさく音をたて、水滴《すいてき》をしたたらせているばかりだった。

午後《ごご》の夏空に、蝉《せみ》の声が響《ひび》き渡る。

砂利道へ出て数メートル、安心な所まで来ると二人は靴を履《は》き、少し足早に教会へと向かう。

(早く、早く見に行きたい!……)

逸《はや》る気持ちを押さえて無言で二人進んで行った。

昨日《きのう》と同じく、蔦《つた》は青々と一定方向へそよぎ、まるで二人を導《みちび》くかのよう。じりっと暑い夏の午後、人の気配《けはい》はなく、振り返ると遙《はる》かに見える表通りの道にも車があまり通らない。

時空間《じくうかん》が停止《ていし》したかのような午後。

再びアーチの所までやって来た。内側の広場を見る。やはり一番奥のマリア様の細長いシルエットがひときわ目立って見えている。

「でも今日は教会に行こうよ」

「そうだね……行こ」

アーチを潜《くぐ》らず、真っ直ぐ右側の教会に向かった。なるべく早く、「鐘《かね》つきの謎《なぞ》」を知りたかったのだ。

尚《なお》も小石の道を建物《たてもの》の方へと向かう。昨日《きのう》オルガンのお兄さんが車を停《と》めたあたりに着いて教会の門を見ると、尖塔《せんとう》アーチ形の扉《とびら》はピタリと閉《し》まっている。小走りに扉に近づき、順が両開きの片方についている古い銅色《どういろ》のノブを回してみたが、開《あ》かない。内側から鍵《かぎ》がかかっているようだ。昨日にも増《ま》して今日《きょう》は人の気配《けはい》がない。鍵がかかっている、という事は本当に今日こそ誰もいない、という事なのだろう。

「開《あ》かないや」

「……じゃあ、鐘《かね》を鳴らす人が来ないと、見せて貰えないね……」

ふと、二人、このとき初《はじ》めて祖母《そぼ》たちに黙《だま》って来てしまったことや、周《まわ》りに誰もいないという事に、ちらっと恐《おそ》ろしさを感じた。

「もう、帰ろうか……」

順《じゅん》がぽそっと呟《つぶや》いた。巴《ともえ》は腕時計《うでどけい》を見た。三時五十五分。今戻れば四時五分までには赤い洋間にそっと入れる。お風呂は四時半からだから、幸はその頃まで気づかない。

何だか急に鐘の音への興味《きょうみ》より、家へ戻《もど》らなければという気持ちが強くなった。

（そうだ！　もう帰ろう！）

そうなると、急に恐《こわ》い場所に来てしまった気分になって、巴と順は手を繋《つな》いでもと来た方へ歩き出した。お互《たが》い何も言わないのに、早く帰った方がいいという気持ちがふつふつと湧《わ》いてきて、何かに捕《とら》えられてしまわないかという恐怖《きょうふ》が襲《おそ》って来た。ほんの少し前までのワクワクした気持ちとは打《う》って変《か》わって、早くここから離《はな》れた方が良い、と足早に戻ろうとしていた。

アーチの横を過ぎようとした、そのとき、

「ディーンゴーン！　ディーンゴーン！　ディーンゴーン！　ディーンゴーン！」

巴も順も、ギョッとして立ち止まった。

その小さな二人の背中《せなか》に浴《あ》びせるようにさらに、

「ディーンゴーン！　ディーンゴーン！」

「何で？」

そう言う順の顔色《かおいろ》が何だか蒼《あお》ざめている。

巴はあわてて時間を見た。四時。

「まだ四時……だよ」

顔を見合わせている二人の後《うし》ろで、また、

「ディーンゴーン！　ディーンゴーン！」

「キャッ」

思わず二人、叫《さけ》び声をあげ飛《と》びあがった。

しかし、ちらと後ろを振り返った巴は見てしまった。閉まっていたはずの扉が開いている。

「じゅ、じゅんちゃん、ドア、あいてるよ」

順も巴の手を握《にぎ》りしめながら、そちらの方をただ凝視《ぎょうし》している。凄《すさ》まじいほどの大きな鐘の音は、その開いている扉の中からも響いていた。

「私、やっぱり見てくる……」

「えっ！　ちょ、ちょっと巴ちゃん……もう、帰ろうよぉ」

その時、巴の中で、見たい、という気持ちが再び強くなった。見て、確かめたいという、怖《こわ》いもの見たさ。そして何より真実《しんじつ》を。

何に対しての「真《まこと》」なのか、はっきりとはわからないが、とにかく知りたかった。どうして今、あの鐘が鳴り出すのか？

一体誰が鳴らしているのか？

けれど、こういうときに好奇心《こうきしん》おう盛《せい》なはずの順は何故か尻《しり》ごみした。いつもは順がリードして二人で動くのだが、今回は違っていた。

帰りたいと言う順を半ば無理やり引っぱって、巴は教会の扉まで戻った。両開きの入り口は黒い穴のようにポッカリと口を開《あ》け、外に響く鐘の音が、その穴からも不思議な響きで漏《も》れ出て来ていた。再び大きく、

「ディーンゴーン！　ディーンゴーン！」

初《はじ》めこそ驚いて、飛《と》び上《あ》がってしまったが、やはりその音は美しかった。最初は少し怯《おび》えていた順も、大きく響く神秘的《しんぴてき》な音に包み込まれ、開いている扉の前に立ち、ついには巴と一緒《いっしょ》に礼拝堂《らいはいどう》の中を覗《のぞ》き込《こ》む。

暗い堂内《どうない》に灯《あか》りはついていない。だが外が明るいので、よく目を凝《こ》らすと内部の様子がだんだんと見えてきた。

最初に目に入ったのは、ステンドグラスである。普段外側から見る、真っ黒なそれとは違い、どの窓《まど》も見事《みごと》な色ガラスの組み合わせの花や幾何学模様《きかがくもよう》が浮かびあがっていた。中央の一番奥には祭壇《さいだん》があり、そこまでの細い通路《つうろ》の両側には机付《つくえつ》きの木製長《もくせいなが》椅子《いす》が、二十列ほど並べられ、思っていたよりもずっと奥行きがあり、広かった。

「わぁ……」

「すごい……ガラスの窓《まど》、きれい……」

巴も順もステンドグラスの光に包まれ、中央通路をキョロキョロと上や左右《さゆう》を見ながらゆっくりと奥へ進んだ。長椅子の外側の両脇《りょうわき》には、天井《てんじょう》のアーチへとつながる長い柱《はしら》が何本も奥へと向かって二人を引き寄せ、導《みちび》くように並んでいる。上の方はほの暗くてよく見えない。長椅子の列の切れ目、丁度《ちょうど》通路の半分まで進んだとき、

「あれ……！」

「誰かいる⁉」

祭壇右奥《さいだんみぎおく》の人影《ひとかげ》に気づいた。

それは後ろ向きに立ち、裾《すそ》の長い黒服姿《くろふくすがた》で、頭には白い頭巾《ずきん》、さらにその上から黒いベールを被《かむ》った正装姿のシスターであった。

その人の立っている場所には小さな囲《かこ》いの柵《さく》があり、その囲いの上から垂《た》れている一本の太いロープが見えた。彼女は細く白い腕《うで》をのばし、縄《なわ》を巻《ま》きつけるようにして掴《つか》むと、勢《いきお》いよく引いた。

「ディーンゴーン！　ディーンゴーン！」

(そうか。こんな風にこの人が鐘をついていたのね)

巴はシスターの白い腕を見ながら、外のマリア様を思い出していた。マリア様の白いお顔とよく似た色のシスターの細い腕。

なおもシスターは自《みずか》ら確かめるようにじっと音に聞き入り、その余韻《よいん》が消《き》え入《い》るタイミングを待《ま》って、次を打とうとしている。

そうして最後のひとつきのため、腕をのばし、ロープを再びひいて、

「ディーンゴーン！」

鐘の音は、ひときわ大きく外にはもちろん堂内《どうない》にもいっぱいに鳴り響いた。

青や赤や緑やオレンジ、黄色、紫《むらさき》といった色のちりばめられた、ステンドグラスごしに差し込む光の堂の中央で、巴と順はしばし、立ちつくしていた。シスターは鐘を打ち終《お》えると振り向き、こちらを見て驚くでもなく、

「こんにちは。小さく可愛《かわい》いあなた方。ようこそ。よくいらっしゃいました」

静かに言った。

棒立《ぼうだ》ちになっていた巴と順も、

「こ、こんにちは」

と、慌《あわ》てて挨拶《あいさつ》した。巴は、何故《なぜ》早い時間に鐘を鳴らしたのかをシスターに尋《たず》ねたかったのだが、挨拶するのが精《せい》いっぱいだった。鐘の音はもちろん、突然《とつぜん》目にした教会の内部の美しさや雰囲気《ふんいき》に圧倒《あっとう》されてしまっていた。加《くわ》えて、このシスターの放《はな》つ不思議《ふしぎ》なエネルギーのようなものに自分が捕《とら》えられているという気がした。順は隣《となり》で相変《あいか》わらず固《かた》まっている。

シスターはロープを放《はな》し、囲いの中から出て祭壇の方に進んで来た。巴たちの前ま

で来て二人に向きなおり、

「お二人は、今とても幸せね。お顔に書いてあるわ。幸《さち》おばあちゃんがやさしいからでしょう。そうして洋二さんがおもしろい事を、たくさん教えてくれるからでしょう。あのお家《うち》は夢《ゆめ》のあるお家。今、あのお家で楽しく、思い出をたくさん作って、それをようくかみしめて、でも時々は「自分のおうち」の違う良さも忘れずに、大人になっていきなさい。十年、二十年、三十年……　そう、六十年たっても、あなた方は忘れない。おばあちゃんのお家のステキないろいろ。そうして……」

シスターはちょっと息つぎをしてから、

「いよいよ年をとって……天に戻るとき……」

シスターの目が丸く美しく見開いた。黒い大きな瞳《ひとみ》で優《やさ》しくこちらを見て、

「そのときにこそ、素晴《すば》らしい思い出は大切なのです。だからお二人がおばあちゃんになったとき、やっぱりステキなお家を作ってね」

巴は、何故シスターが幸や洋二の事を知っているのだろうと思った。だが順は涙声《なみだごえ》で、

「はい、私はきっとそのようになります」

と、すかさず答えている。

「私たち、これからきっと素敵《すてき》な大人《おとな》になれるよね。ね、巴ちゃん」

と、返事を巴にも促《うなが》した。

シスターはニコニコと、巴の返事を待って静止《せいし》している。何だか、

「はい、私も」

と言わなければならない雰囲気《ふんいき》だ。

だが——巴はそのとき、ちらりと自分の未来《みらい》が見えた気がした。素敵な大人になれ、い、ぬ未来。

(シスターのお話しされたことは、もっともなことだ。楽しくて素敵な事がずうっと続《つづ》いていけば、「終《お》わり」のときも、「ああ楽しい事ばかりだった」と思いながら天に行けるのかしら。

でもでも、幸おばあちゃんのお家のときだけ楽しくても……素晴《すば》らしいきれいな思い出？ ううん、私にはそればかりじゃない。母さんとの事があるじゃない！ 母さんと、もっとお話しできれば、私はもっともっと毎日楽しいと思うはずだもの。このまま……母さんとお話しできないまま大人になっても、私はきっと、素敵なお家を

作れない。素敵な大人になんてなれないわ、きっと）

巴がいつまでも答えずにうつむいてじっと考えているのを見てシスターは、

「どうしたの？　あなたは何か心に思うことがあるのですね」

しかし巴《ともえ》には順《じゅん》の前で茜《あかね》との事を上手《うま》く説明《せつめい》出来そうにない。順はそんな巴を不思議そうに見つめている。その様子を見ていたシスターは、少し考えて、

「わかりました。少しお話しを変えて、「時《とき》」というものの説明をいたしましょう。あなた方は、今おいくつ？」

「七歳です」

「やはりまだまだお小さいわね。でも少し前にはもっと小さかったのでしょう？その頃のことを思い出せますか？」

「ハイ……少しなら。幼稚園《ようちえん》の頃、かな？」

順はすぐに答えて考える素振《そぶ》りを見せた。

巴も少し前の事……幼稚園の制服《せいふく》や、今より易《やさ》しかったピアノ曲、音彦《おとひこ》とまだ作りたての庭で種蒔《たねま》きをした事などを思い出していた。それから、あの欄間《らんま》に引っ掛かっているピンクのストロー付きの肉片《にくへん》……もっともあれは、まだ今も時々現れるから、

終《お》わって過《す》ぎてしまった「過去」ではないけれど。じゃあ前から続いている、終わってない今なのかしら？――そんな風に考えを巡《めぐ》らせていると、

「過去《かこ》の事とは、あなた方の頭の中が覚えている事なのです。思い出して、と言われれば、こんなだったなぁ、なつかしいなぁって人間はそう感じます。でもね、実は時というものは、いつもいつもが「今」なんですよ。「むかし」と言うけれど、それは人が頭の中で振り返って思うだけのもの。思い出や、過去の経験《けいけん》とは本当は実体《じったい》がなく、すぐに消《き》えてしまうものなのです。あるのはいつも、今現在《いまげんざい》だけ。いつもいつもが今であって、「今」に追いたてられて、人は生きているのです」

巴はさらにぼんやりと考えていた。

（さっきからシスターに言われて、少し前の事を思い出してはみたものの、やはりその頃も母さんに冷たくされていたなぁ。欄間の肉片と一緒《いっしょ》で、その事も今だって続いている）

茜との事が原因《げんいん》で、毎日が輝《かがや》いてはいないのだ。寂《さび》しい気分の原因となって、いつも心に影を落としている。

「ひとつ質問があります」

順が言った。

「それならさっきのお話しの、楽しい思い出をかみしめていくというのは、本当はもう、なくなっている楽しさを、覚えていなくちゃいけないのでしょう？　それにどんな意味があるのですか？　楽しい思い出を、ただ覚えたりしていても、天に行くときには意味がないんじゃないかと思うのですが……」

シスターは静かにかぶりをふって、

「たしかに、「昔」は「今」の連続だと言いました。けれどその連続、溜《た》まってくる「いま」が良いか悪いか――それは人の感じる記憶《きおく》の蓄積《ちくせき》でやはり形《かたち》を持たない物なのですが、この体験の良《よ》し悪《あ》しは大切な事です。時が昔から今、今からこの先へと流れているように見える、その一番の原因《げんいん》は、人間が自分で作った「時」という物の中で生まれ、育ち、年を取り、やがていなくなるのを目で見て知っているからなのです。けれどそれは生き物の順当な朽《く》ち方であるというだけの事。問題はどんな内容《ないよう》で老いるまで進んでいくかという事なのです」

順はそれを聞いて首をかしげて、

「老いるってどういう事なのですか？」

「ああ、ちょっとわかりにくかったわね。年を取って、ほら、福《ふく》さんや幸《さち》さん、企《き》助《すけ》さんのようにお年寄りになるでしょう。洋二さんは大人だけれど、少しお若いわね」

（なあんだ、おばあちゃんになるって事かぁ）

巴は思った。すると順が、

「私たちも、いつかおばあちゃんになるけど、ずーっと楽しい事ばかりだと、いいおばあちゃんになれるのかなぁ？」

「いろいろな事で、人は変化するのですよ。その変わり方も人それぞれです。いい事、楽しい事ばかりだから、良いとは限りませんし、悪いと思える体験から大事な事を学《まな》ぶことも。

でも、あなた方の「今」はとてもうまく、ここまで来ていますよ。なぜだかわかりますか？　それはあなた方がご家族と……おばあ様やおじい様、お父様……そうそう何よりもお二人の場合はお母様からとても大事に思われて暮《く》らして来たからなのですよ」

シスターは、にっこりと微笑《ほほえ》んだ。

（それは……　そんなことないわ。シスターは普段の私に対する母さんの態度を知らないから……　母さんに大切に思われているかどうか私には、わからない……）

巴はすぐにそう感じ、下を向いた。しかしなおもシスターは、

「一番近くに、いつも一緒《いっしょ》にいる人とのつながりの太《ふと》さは、小さいうちから、濃《こ》く太《ふと》いものであってほしいもの。例《たと》え普段、喧嘩《けんか》ばかりしていても、怒《おこ》られてばかりでも、その家族《かぞく》がきらいでも、この「つながり」が太ければ、のちのちおかしな事にはなりません。仲良しで楽しいから太くなるというものでもないのですよ。そこがむずかしいのです。でもむずかしいからといって、「つながり」を細《ほそ》い点線《てんせん》や波線《はせん》などにしてごまかしていると、やがて他《ほか》の全《すべ》ての人との間《あいだ》も、ぐらぐらとしてきて、ちぐはぐな「時」をすごしてしまうのです。そのような「今」のつみ重ねは、良き未来を生《う》みません」

そこまで聞いて順は、

「でもそれは本当におばあちゃんになってみないとわからないと思います。ねぇ巴ちゃん、私たちどんな大人《おとな》になるんだろうね。幸おばあちゃんたち、大好きだけど、父さんはうるさいときもあるし、母さんはいつも忙《いそが》しくて出掛《でか》けてばかりだし、そんなに私、うまくいってるのかなぁ？」

「人間は、自分が良《よ》き道にいるのか、悪《あ》しき所に落ちているのか、案外《あんがい》気づかずに進んでしまうものなのですよ。老《お》いてから気づき、悟《さと》るのです。お二人も、もし今、急に年を取れば、それが少しおわかりになるのですが……」

そう言ってシスターはちょっと考え、笑ったような、困ったような複雑《ふくざつ》な表情《ひょうじょう》をした。

巴も母との事を思うと、自分が幸せなのかどうかわからなかった。順は菫《すみれ》にあまり構《かま》って貰《もら》えないと思っているようだが、巴の母とのやりとりに気《き》を遣《つか》う大変さに比《くら》べれば、順のそれはずうっとましな気がした。

（それにしても、シスターのお話はむずかしいなぁ。きっと大人の人でも「時」の事なんて深く考えないだろう。私たちはたったの七歳なのに、どうして今こんなお話を聞かされているのかしら。第一《だいいち》私、よくこんなお話の意味がわかるなぁ……）

先程《さきほど》からベールに包まれたシスターの白い顔ばかり見つめていたが、ふと目を、手を繋《つな》いでいる順の方に移《うつ》す。

ステンドグラス越しの様々な色のついた順の横顔……　だが、何げなく横を見て、その顔の変化に巴は息をのんだ。

笑うとエクボの可愛いいつもの表情はどこへやら、エクボの窪《くぼ》みの周《まわ》り、口元には、深《ふか》い皺《しわ》がくっきりと浮かびあがり、ほっぺたが垂《た》れている。目元は腫《は》れたように下に引っ張られ、あかんべーをしたように見える。色ガラスのせいでそんなふうに見えるのかとよく目を凝《こ》らしてみたが、何度見直しても、ひどく疲《つか》れた顔に変化していた。

そして、驚いた事に、体形も少しずつ大きく長くなっているようだった。しかし順は、そんな自身の変化に全く気づかず、シスターとのやりとりに夢中《むちゅう》になり、巴の方を見ない。

いつ、この事を順に伝えようか、とドギマギしていると、シスターが言った。

「昔の記憶《きおく》が良い形であなた方の心に残り、たくさん溜まると良い結果を生むのですが、それは実は今の連続。今を大切にしないと、良き過去が生まれず、それなりにしか進めません。そうして、あなた方の上の方々、親御様《おやごさま》も、そのまた上の方々も、さらには遠い昔のご先祖様《せんぞさま》まで遡《さかのぼ》ったとしても、皆、今をつみ重ねて、それらがひとつひとつ大切に出来た「今」であれば、あなた方にも、結果となって現れるものなのです」

「でも私《わたくし》は、まちがっていませんもの」

急に順が不満気《ふまんげ》に言った。口調《くちょう》が違《ちが》っている。子供のそれではなく、老女《ろうじょ》のしゃがれ声だ。

「私は別に、その時その時を大切にしなくとも、生きてこられましたもの。もともとの生まれだって貧しくもありませんでしたから」

巴はただただ驚《おどろ》いて、その姿を見つめるだけであった。横にいるはとこの順は、もはや別人《べつじん》と化《か》していた。だが、彼女と今の今まで繋《つな》いでいた手をするりと離し、自分の手を見てさらに仰天《ぎょうてん》した。いつの間にか巴のその手も皺《しわ》だらけの大きな老女の手と化している。

ここで初めて叫び出さんばかりに、

「順ちゃん！　順ちゃん、大変！　私達、おばあちゃんになってる！……」

へっ？　という表情をした順だったが、たった今自分が発した言葉の違和感に気づいたのか、両手で口を覆《おお》った。そうして巴を見て、老婆《ろうば》が驚《おどろ》いた表情になり、

「巴ちゃん、私らどうしたというのじゃろう」

としゃがれ声で言った。

二人は、お互《たが》いの姿が突然変貌《へんぼう》してしまい、泣き出さんばかりにうろたえた。

「私……私らどうしたのじゃろうか」

口をついて出るのはいつもと違う、太く、しゃがれた声の老人口調《くちょう》……手足、身体、顔つきすべてが急激《きゅうげき》な速度《そくど》で、「朽ちて」いく。

そうして慌《あわ》てふためいている内にも、腰《こし》は曲《ま》がり、足元はふらつき、着ていた服も靴も、下着もすべて引き伸び変化して老女のそれになる。心の中――気分や気持ちも記憶も今までのものから遠く離れ、何やら違った自分になっていくようだ。健《すこ》やかだった巴の茶色い髪《かみ》の毛も白やら銀やらパサパサして針金《はりがね》のよう。

そして、色んな何かのつみ重ねにより、体が重たい。家を抜け出て来たときとは打って変わって、心の中に嫌《いや》な物が詰《つ》まったような気分になってきた。

「どうしよう、どうしよう、巴ちゃん……」

「私も、手も顔も、シワだらけ！」

泣きそうになる二人。このままでは二人共、別人格《べつじんかく》の老女になってしまい、元の姿や心に戻れそうにない。こうしている内にも少しずつ本来の二人から、かけ離《はな》れた人間になっていく。

しかし、途方《とほう》に暮《く》れているというのにシスターは全く動《どう》じずに、その様子をじっと見つめ、冷静に言った。

「どうやら、あなた方の知って学《まな》ばねばならない事が、結果となって現れて来てしまったようですね。外へ――岩屋へお行きなさい。その姿はイヤかも知れませんが、よく今の自分を見定《みさだ》めるのです。そこから全てが紐解《ひもと》かれます」

もう二人は足元もおぼつかず、新鮮《しんせん》な気持ちも持てず、ヨロヨロと、そして心の中に湧《わ》き起《お》こって来る長年の澱《おり》や淀《よど》みのような不満をブツブツと無意識に口にしながら、

(それは、子供の姿だったときにはよくわからなかった、暗い不満《ふまん》な気分) 外に出た。

空の色がおかしい。夏の青空だったはずなのに緑《みどり》がかっている。じいっと見つめていると、クラクラッと色が変わり、薄紫色《うすむらさきいろ》にも見える。

老いて目が衰《おとろ》えて来ているのだろうか？

それともこれはひょっとして異世界へと迷《まよ》い込《こ》んでいるのか？

アーチを潜《くぐ》り、岩屋へと近づく。玉砂利もくたびれた足どりのせいでザクザクと、時折《ときお》り大きな音を立て、不安定に沈《しず》む。歩きながら、何だか記憶《きおく》までおぼろになり、半分どうでもいいような、本当に解《わか》らなくなるのを必死《ひっし》で思い起こそうとしているような、おかしな気分の巴であった。

（昨日は……ああそうだ、オルガンのお兄さんが奥に立っていたんだっけ……あの人、言っていたな……この泉には真実《しんじつ》が映《うつ》るって。そうしてあのときには私達は元気な姿で映っていたけど、今は……）

思いながら、岩屋の下の泉に終《つい》に到着《とうちゃく》した。

映してみるまでもなく今や二人共、立派《りっぱ》な老人だ。お互いを見、自《みず》らの手足の急激な変貌《へんぼう》で、わかっているのだが、その顔を泉に映して確かめないと気が済まなかった。意を決して覗《のぞ》き込《こ》む。と、そこにはやはり酷《ひど》く疲《つか》れた老女となってしまったふたつの顔が、並んでいた。

この岩屋も昨日と違う空気に入れかわっている。マリア像に、深い影が差している。夕方に近づいているからだろうか。石敷きの玉砂利ひとつひとつも暗く、黒味を帯びて……その時、二人は急に思い出した。

「そう、私達はおばあちゃんの家からやって来たのよ！　おばあちゃんち、どこだっけ？　早くお家《うち》に戻らなくては！　でも……でも、おばあちゃんはもういない……えっいない？」

巴はそう呟《つぶや》き、祖母《そぼ》の名前を思い出そうとしたが忘れてしまっていた。

「そう、いなくて当たり前じゃ。あたしら、もう年をとりすぎてるもの……」

順が巴の呟きに対してそう言った。順の顔を再び見る。順も巴を見つめている。目つきも頭の中も何だか疲《つか》れている。

あんなに楽しかった日々から二人、何故、くたびれた「今」に至《いた》っているのか。どこで列車《れっしゃ》を乗り違えたのか。それとも少しずつ、そうなっていく運命《うんめい》だったのか？

ああ、思い返せばあの時この時と、やり直したい瞬間《しゅんかん》がたくさんある気がする。長い長い道を来て、振り返って後悔《こうかい》する気持ちがわかる。

あの人と出会わなければ……あの場所へ行きさえしなければ……どこで、どこで間《ま》違《ちが》ってしまったのか。

どうやら二人、不本意な未来の姿へと化してしまったようだ。

順《じゅん》は、本当の自分よりも背《せ》のびして、大きな人間に見せようとする見栄《みえ》っぱり。周《まわ》りの人を頼《たよ》りに根回《ねまわ》しで生きてきた。優秀《ゆうしゅう》に思われたい、何か才覚《さいかく》を持っているように見られたいがため、いつも「どこそこのだれそれ」という肩書《かたが》きばかり気にして自分は努力《どりょく》しない。井《い》の中《なか》の蛙《かわず》、でここまで来てしまった。

巴《ともえ》は甘《あま》やかされ、唯《ただ》、可愛《かわい》がるだけの優《やさ》しい母や叔母《おば》達に囲《かこ》まれた楽な人生だった。

つまり我《わ》が儘《まま》である。世間を知らず、プライドだけは高い。結婚《けっこん》するも気位《きぐらい》ばかり高い性質《せいしつ》に愛想《あいそ》を尽《つ》かされ離婚《りこん》。情を無視《むし》した言動《げんどう》が多く、人に見限《みかぎ》られているが本人は気づいていない。

一人息子の家族にもそっぽを向かれる始末《しまつ》。

そんな二人が、泉の前に力《ちから》なく立《た》ち尽《つ》くす。

それぞれに、今となっては孤独《こどく》なふたり。

「なぁ、何故こんなに寂《さび》しくなるような年寄《としよ》りなんじゃろか？　我々は」

順が小さな声で呟く。

「それは……何でこうなったのかは、ようわからんけど……　ちゃあんと母《かあ》さんも叔母《おば》さんも褒《ほ》めてくれて何でもしてくれて、庇《かば》って貰《もら》えて……他《ほか》の人は押しのけてくれて、いつもいつも一番乗り、だったのに、ねえ」

巴の言葉に順は、

「そうよ。茜叔母《あかねおば》さんと母さんは私らには絶対味方やったわ。学校で叱《しか》られても、あんたが正しいゆうて逆《ぎゃく》にどなり込んでくれたり、おこずかいもたっぷりくれて、何もせんで良かったし」

「ほんまやなぁ。あ、けど叔母さんは叔母さんでもミツ叔母さんの事、あんた覚《おぼ》えてる？」

巴の言葉に順は手を打って、

「覚えてる！　あの強《つよ》いミツ叔母さん！　茜叔母さんの義理《ぎり》のお姉《ねえ》さん、やったよね。あの人が皆を引っ張ってたねえ。お料理《りょうり》もお裁縫《さいほう》も、英語《えいご》も算術《さんじゅつ》も何でも出来て、舶来物《はくらいもの》ようけ持ってて、母さん達いつも一緒にいたわねぇ」

「ほんま、母さん達、アカネ、スミレ、ミツと三人姉妹のようやったもの。けどミツ叔母さんだけ子供がおらんかったから、その分まで私ら可愛がられたな。ちょっとくらいズルしても、嘘《うそ》ついても母さんはミツ叔母さんとのお買物やらお喋《しゃべ》りやらに夢中《むちゅう》で気がつかへんし、怒られた事なんかないし、ただの一度も」

「私もや。英語が解《わか》るミツ叔母ちゃんに、ちょこっと教えてもろたりさ。それで丸《まる》覚《おぼ》えしただけやのに、私ペラペラ喋《しゃべ》れるフリしてたんよ。そしたらクラス中に、外国育ちなんやてって、ウワサが立ったりしてさ」

「母さんらもミツ叔母さんに憧《あこが》れてなかった？　同じ服着てたり……」

「そうやった、そうやった。初《はじ》めの頃は仲良さそうに三人でおったよねぇ、母さんたち」

「けど……」

すっかり老婆の姿の巴の頭の中に、この姿になって年をとってきたそれまでの記憶と、「ミツ」という人物に対する疑《うたが》いのような感覚《かんかく》が生じた。

「あのミツ叔母さんって、母さんにいつも凄《すご》く威張《いば》ってたわ。そうして夜遅くに出掛けてお酒《さけ》を飲んできたり、変なお兄さんたちを連れて来たりしてた」

そう言われて順も思い出して少し涙声《なみだごえ》となり、

「そうよ。そのせいで私も母さんに放《ほ》っておかれて、いつも一人で寂しくて。それで、それで皆に注目されたくて……たくさんの嘘《うそ》を……」

「私も遊んでばかりの母さんから、『ごめんねぇ』ってごまかすようによく言われたけれど、その代《か》わりに何でも買って貰えて、何をしても叱《しか》られなかった……」

二人は、老いた顔を再び見合わせた。

老いて時《とき》が経《た》った今、何かが解《わか》ってくる気がした。

「元をたどれば、あのミツ叔母さんのせいかも知れないねぇ。今の私らがこんな寂しい年寄りなのは」

ため息をついて泉の前で二人再びうなだれていると、

「そう、所詮《しょせん》このような未来《みらい》、如何《いかが》ですか?」

顔を上げると、シスターが立っていた。

「あなた方のお母様方の生きてこられたその時その時の今、というものが、自己顕示《じこけんじ》や虚栄《きょえい》、怠惰《たいだ》などに支配《しはい》されると、先程《さきほど》お話ししたあなた方とのつながりが、太《ふと》く濃《こ》い物にならないのは確かです。ミツさんの影響《えいきょう》で、茜《あかね》さんや菫《すみれ》さんが、娘であるあなた方と本物のつながりを持てず、その結果が今のお二人のこんな姿だとしたら……私のお話がわかったかしら?」

「本当に。よくわかります。本気で私達を思って厳《きび》しくしてくれなかったから、私達は親とも周りとも強く太いつながり——「絆《きずな》」という物が持てず、その結果、心寂《こころさび》しいのですね」

巴も順も、こんな姿になってしまって、もう手遅《ておく》れなのだな、と思った。

「今」のつみ重ねを生きてこうなっているが、過去には戻《もど》れない。戻れるものならやり直してみたいが、だとしたら、はてどの時代のどこに戻ればいいというのか?第一ミツという叔母がいない時空間《じくうかん》、という場所が二人の生まれた頃に遡《さかのぼ》っても、ない。ミツさえいなければ、こんなみじめな老女にならずにすむ、というならば、二人の始まり以前のミツが、茜と菫にかかわる前の世界にでも行き、ミツと出会わなかった事にしなければならない。

それは無理だ。

軽い絶望感《ぜつぼうかん》のあと諦《あきら》める気持ちが強くなった。

「巴ちゃん、私らもうこれはこのまま残りを行くしかないわ」

順の言葉に巴もそうかもな、と思う。

小さなため息をつき、自分の手を見つめる。

ゴツゴツしていて皺《しわ》だらけの、その手。

(福《ふく》おばあちゃんの手の形に似ているな。私と福おばあちゃんとで、あの家に遊びに来てたんだもの。あの家……　何故来てたの?……)

手をじっと見つめた事で、自然に福という祖母《そぼ》の名前を思い出せていた。そして、すぐ近くのあの家……　何故ここに来たのか?　それは母さん……茜《あかね》母さん!　そうだ!　母さんが厳《きび》し過《す》ぎて、近寄り難《にく》いから。福《ふく》おばあちゃんが庇《かば》ってくれて連れてきてくれたの。幸《さち》おばあちゃんの所に。

巴《ともえ》は次々と思い出した。夜になると少し恐ろしい掛軸《かけじく》や調度品《ちょうどひん》。優《やさ》しく気のいい父音彦《おとひこ》と作る庭のトウモロコシや美しい花々。そして目前《もくぜん》に迫って来る不思議な肉片とさわやかな高原。そして母茜の凛《りん》とした横顔。

「違う！　これは、この今の私達の姿は、本当の未来の私達じゃないわ！」

巴の叫び声に、順は驚いて顔をあげた。

「どうしてそう思うの、巴ちゃん？」

「だって……　だって母さん……　茜母さんは人と遊び歩いていいかげんな事をするような人じゃないもの。私の母さんはとっても厳《きび》しくて、厳し過ぎて、そのせいで私、小さい時から苦《くる》しくて寂《さび》しくて……　だから、今私と順ちゃんが思い出した、ミツ叔母さんなんて人のせいで私は親から甘《あま》やかされたりしてないよ。順ちゃん、順ちゃんもしっかりして！　菫《すみれ》叔母さんは、お仕事忙《いそが》しいけど、そのせいで順ちゃん嘘《うそ》つきなんかになってないじゃない！　本当は、ミツ叔母さんなんて、いないんだよ。だから、こんな姿の私達になってしまう事は、あり得ない！」

「よく、気がつきましたね、巴さん」

シスターが静かに一言発《ひとことはっ》した。すると薄暗《うすぐら》かった岩屋全体にうす日が差して、昨日と同じくそよ風が吹き始める。風は泉の水面に再び細波《さざなみ》を作り、そこに映し出されていた二人の老女像をかき消した。

同時に全身のだるさがスーッとひき、心臓《しんぞう》の鼓動《こどう》が子供のそれに戻《もど》るべく少しだけ軽《かる》く、速《はや》くなった。あれよあれよという間に二人共、元のエナメル靴を履いた可愛い洋服姿の七歳の女の子に戻ってきた。

シスターは続ける。

「遠い未来への旅……　いかがでしたか？　でもこの体験は、実はあり得《え》たかもしれない、というだけの架空《かくう》の未来《みらい》。巴さんのおっしゃった通り、本当のお二人の将来《しょうらい》の姿ではありません」

シスターの言葉に二人は胸《むね》をなでおろす。

「良かったぁ。じゃあ本当の私達の未来は、こんなじゃないのね」

「ミツさんなんて、いなかったのね」

安心して急に元気になった二人にシスターは、

「いえ……体験は架空でしたが、ミツさんはいたのですよ」

さらに少し考えて、

「もう一度、泉の中を覗《のぞ》いてごらんなさい」

慌《あわ》てて二人は泉の前に、再び進み出た。

先程までゆるく吹いていた風はやみ、水面は又、一枚の鏡のごとく静止している。

そこに二人顔を近づけてみる。澄《す》んだ泉に初《はじ》めは元の姿に戻った巴と順が映っていた。

しかしやがて、風はやんでいるというのに小さな波が立ち、二人の姿はその波の形に歪《ゆが》んで消えてしまった。するとそこに小学生くらいの女の子二人の姿が、新《あら》たに浮かびあがる。

「これは……誰?」

じっと見入っていると、後ろ向きに立っている女の子二人の会話《かいわ》が聞こえてきた。

そうして水面の上で、まるで映像《えいぞう》のように、その人物たちは動き出す。

「本当？　ミッちゃん、私のお姉《ねえ》さんに、なってくれるの？」

「本当よ。これから私たち、姉《あね》と妹《いもうと》なの。だから何でも相談してね。私、茜《あかね》ちゃんのためならどんな事でもしてあげるよ」

「ありがとうミッちゃん……」

その映像を見ていた巴は、

「お母さん！　これ、私のお母さんよ！　お母さんの小さい頃だ！……」

巴の驚きの声に順も、

「もう一人の方は、ミツ叔母さんじゃない？　やっぱりミツ叔母さんは、本当にいたのね」

シスターは二人に、

「しっ、静かに。もう少し見てみましょう」

変わって水面の映像は、少し違う様子を映し出している。先程の頃から時《とき》を経《へ》て、どうやら茜とミツは姉妹《しまい》になる寸前《すんぜん》らしい。ミツが茜に何かを渡《わた》そうとしている。

黒いビロードの小箱《こばこ》。

「今日は特別《とくべつ》なプレゼント。私から茜ちゃんに。目をつぶってごらんなさい」

「なあに？」

ミツは黒い箱《はこ》の蓋《ふた》を開け、中から真珠《しんじゅ》のネックレスを取り出した。

「はい、もういいわよ。目を開けて」

茜はゆっくりと目を開けた。大粒《おおつぶ》の真珠が七つ。その粒と粒の間にも小粒のピンク色の真珠がびっしりと取《と》り巻《ま》いている。美しいネックレス。この頃の茜はまだ七、八歳。今の巴と同じ位の年頃ではないだろうか。そんな子供には到底不相応《とうていふそうおう》な品物、大人でも贅沢《ぜいたく》な品のように見受けられる。しかしミツは、そんな事は意《い》に介《かい》さずといった感じで、その高価なネックレスを茜に渡そうとしている様子であった。

「わぁ、きれい！　きれいねぇ、ミツお姉ちゃん」

「きれいでしょう。本物のパールなのよ。お父さんが特別にドイツの方からいただいたんですって。でもこれは茜ちゃんに似合《にあ》うと思うから私からプレゼントするわね」

「ありがとう、ミツお姉ちゃん！」

満面《まんめん》の笑《え》みを浮かべている茜の顔。子供の頃とはいえ、母のそんな表情を、巴は初めて見た。その嬉《うれ》しそうな無邪気《むじゃき》な様子は、自分や順の仕草《しぐさ》とそう変わらず、その事が巴にとっては驚きだった。

（お母さん、私とおんなじだ。お母さんは、ミツさんのことが大好きだったのね）

さらに細波《さざなみ》が起こり、又別の場面が現れた。

今度は小学校の教室である。茜が授業を受けて、他の子供達と一緒に宿題《しゅくだい》を渡されている。

次の場面では当時の家の中だろうか、持って帰ってきた宿題——算数《さんすう》の計算《けいさん》に悪戦《あくせん》苦闘《くとう》している。するとそこに、一人の男性《だんせい》が入って来た。気障《きざ》な感じの痩《や》せ形《がた》の男。

「おう、茜ちゃんこんにちは。今日も学校やったんか。毎日元気に通《かよ》ってるんやな」

「余市《よいち》おじちゃんこんにちは」

と言ったきり、茜は計算の問題に夢中《むちゅう》である。

しかし、周《まわ》りに目もくれず宿題をこなそうとするのだが、問題が難《むずか》しいらしく、筆《ふで》が進まない。一問ごとにため息ついたり、鉛筆《えんぴつ》を削《けず》ったりグズグズと手こずっている。

その様子を見ていた余市と呼ばれた男は、

「ちょっと貸《か》してみ」

茜の持っていた鉛筆を取りあげ、サラサラ、と、あっという間に全問、解《と》いてしまった。そうして「ホレ」と茜にノートを返し、

「はよ終《お》わるやろ。ワシに任《まか》せると。算術《さんじゅつ》でも国語でも英語でも、なぁんでも、いつでもすぐに解いたるで」

と、得意気《とくいげ》に言った。さらに、

「宿題いうもんはな、はよでけたもん勝ちや。ワシがした、言わなんだらわからへん。わからんかったら、何してもええんじゃ、世の中いうもんは」

そう言って、「ハッハッハ」と笑いながら出て行った。宿題が自分で考えずにすんでしまった茜は、一人呆気《あっけ》にとられて、じっとノートを見つめている……

「今の人、誰なんだろね?」

映像を見て、順が不思議そうに言う。

すると又別の場面が現れて……今度は女性《じょせい》が一人、背丈《せたけ》はすらりと高く、母茜によく似た中高《なかだか》な顔……　これは多分、祖母の福《ふく》だ。

福のまだ若かった頃の姿。しかし茜が小学生という事を考えると、既《すで》にこの頃には、茜の父慶元《けいげん》は亡《な》くなって久しいのだろうか。

福と思われるその女性は、机の上に書類《しょるい》のような紙《かみ》を並べて考え事をしている。時々天《てん》を仰《あお》いで何か独《ひと》り言《ごと》を言《い》いながら、その書面《しょめん》を読んだり、ふうっとため息をついたりしている。それからもう一度場面は変わり、今度はやはり若かりし頃の幸と話をしながら歩いている。その会話も聞こえてくる。

「まあ、私は姉《ねえ》さんのしあわせ優先《ゆうせん》思うけど、よう考えた方がいいとも思うわ。茜ちゃんの事もあるし」

「そうなんよ。けど、むこうさんの連れ子さんは茜より少し年嵩《としかさ》の女の子やから、姉妹になってもらえるし却《かえ》ってええかもと思うんよ」

「けど、余市《よいち》さんいう人は、なあにか、もひとつ、私はひっかかるわ。貿易商《ぼうえきしょう》ゆうても成《な》り上《あ》がりやろ。何やしらん、こう、姉さんとは世界が違う、ゆうか……はたから見ての事なんやけどな」

「幸《さち》ちゃんは、余市さんのこと、あんまり好かんの？　そうやねぇ、私も茜の事思うたら、再婚《さいこん》するのもええかも思うけど、自分の相手として、どや、言われても……ま、可《か》もなく不可《ふか》もなくいうとこかなあ」

「姉さん、自分の事やのに呑気《のんき》やなあ……　むこうさんは茜ちゃんの周り、もうウロチョロして、すっかりその気らしいやないの。まぁほんまによう考えて、な」

そこで場面は変わり、再び福が家の中で一人、ちゃぶ台を前に坐《すわ》っている。台の上に置かれた書面《しょめん》に、何か書き込んでいる。書き終えると縦《たて》に四つ折りに畳《たた》み、茶封筒《ちゃぶうとう》に入れ、後ろの戸棚《とだな》にしまった。

そしてさらに泉の水面には次のシーンが……　戦争が始まっているようだ。空はどんよりと暗く、街中《まちなか》には質素《しっそ》なモンペに防空頭巾《ぼうくうずきん》の人々が往き来し、生活用品《せいかつようひん》や食料《しょくりょう》が不足気味《ふそくぎみ》の中——中央に大通りが見え、向こうから子供が二人、茜とミツだ。手を繋《つな》いで歩いて来る。埃《ほこり》っぽく閑散《かんさん》とした街《まち》の外《はず》れまで来て、

「もうじき、私ら子供は順《じゅん》に他所《よそ》に住まなあかんのやて。戦争終わるまでやから、また帰れるんよ。茜ちゃんに、私の大事に取ってある物、みんな預《あず》けとくわ。どうせ姉妹になるんやもん」

「そんな……　ええの？　ミツ姉ちゃんの宝物《たからもの》やったら大事にしまっとかな。お洋服やら、ブローチやらバッグやら外国《がいこく》のもの、みつかったら大人《おとな》の人らに取られてしまうし」

「そうや。今は没収《ぼっしゅう》ゆうて、舶来《はくらい》もんはみーんな取られるんや。だから隠《かく》しといて」

「うん、ええよ。ミツ姉ちゃんに貰ったいいもの、私全部大事にしているの。それと一緒《いっしょ》にお家の押し入れの、その又上の天井《てんじょう》にしまっておくね」

「ありがと。助かるわ。私とこの今の家《うち》は、あんまり広《ひろ》ないから置いとけんのよ。茜ちゃんとこに置かしてもろうて、あとでいろんな物、分けよな。妹になるんやから、何でも私のもん、自由に使うてな」

「ありがとう、ミツ姉ちゃん」

二人しっかり手を繋《つな》いで仲良く歩き、やがて住宅《じゅうたく》の建ち並ぶ場所に着き、茜の家《いえ》らしき家の中に入って行く。茜は、今の巴以上に、素直で明るくたおやかである。ミツからしっかりと可愛がられて、すっかり安心している感が、その全身《ぜんしん》から滲《し》み出ていた。

ここまでで、水面の映像は、すうっとかき消えた。後ろで静かに立つシスターが、

「ごらんの通り、ミツさんは確かにいたのです。巴《ともえ》さんのお母様の茜《あかね》さんと姉妹になろうとしていました。巴さん、お母様はお小さい頃はあなたのようでしたね」

「はい。私や順ちゃんと同じようでした。私は普段《ふだん》、母を恐《こわ》いと思っていたので……ずい分違っていました」

　順も横から、

「茜伯母《おば》ちゃん、今あんな風な子供でいたら、私と巴ちゃんと、お友達みたいに三人で遊べそう……」

　シスターは、うんうんと頷《うなず》いて、

「誰しも人は、初めの頃は純粋《じゅんすい》なものなのです。でも自分の身に起《お》こってくる様々《さまざま》な事象《じしょう》で、変わってしまう人もいる。濁《にご》ってしまう人、汚《よご》れてしまう人も多いですが、巴さん、あなたのお母様は、その人間の純粋な部分をちゃんと残し、いつの時代も大《たい》切《せつ》に心に留《とど》めて生きて来た方なのですよ」

　そうして、チラとアーチ越しに教会堂の方を振り返り、

「私はこれからもう一度鐘《かね》を鳴《な》らしに行きますが、あなた方はここに残り、私が鳴らす鐘の音を聞きながら、再び泉を覗いて、映し出される映像をご覧《らん》になって下さい」

　そう言って、シスターは一人、教会堂の方へ戻《もど》って言った。順が、

「まだ続きがあるんだね。余市っていうおじちゃんが、ミツおばちゃんのお父さんなんでしょ。そんな人、巴ちゃん知ってた？」

と、巴に尋《たず》ねたが、巴はそんな人の話は福からも誰からも聞いた事はなかった。巴の

祖父《そふ》、福の夫は泉慶元《いずみけいげん》、ただ一人であったから。

岩屋の広場は真夏《まなつ》の夕方。景色《けしき》は昨日《きのう》と変わらない。西日のやや長くなったこの場所に、先程《さきほど》二人が老女になってしまった時のような怪異《かいい》は、見られない。

けれど二人は、ある事を忘れている。

それは、四時五分には三輪《みわ》家に戻らなければならないという事。最初にシスターの鳴らす鐘の音を聞いてから、優《ゆう》に一時間は過ぎている。

今はもう五時をとっくに廻《まわ》っているはず——なのだが、二人は家に帰る事を忘れ、今現在もその事を全く思い出さない。

そして巴が身《み》につけている時計——この赤い腕時計《うでどけい》も、不思議な事に四時を指《さ》して止まったままであった。

再《ふたた》び、鐘の音が聞こえてきた。二人は泉に顔を近づけて鐘の音を聞く。

「ディーンゴーン！　ディーンゴーン！　ディーンゴーンウウーウー——」

二人が覗《のぞ》き込んでいる水面に細波《さざなみ》が立ち始め、それと同時に鐘の音に重《かさ》なるように、低く小さな別の音《おと》が被《かぶ》さり、二人はそれに気づいた。

「ウーウーウーウー――」

「何？　違う音がしてる……」

「何の音？……この音……」

小さかったその音はやがて鐘の音と入れ代わり、だんだんと大きく不安気に鳴《な》り響《ひび》くサイレンの音に変化した。巴も順もその音の余りの大きさに両耳を手で覆《おお》って水面を見つめる。

映像《えいぞう》は、空襲警報《くうしゅうけいほう》を聞いて慌《あわ》てふためく人々を映し出していた。その中に茜や福の姿も見える。周りが暗《くら》いので夜だという事もわかる。

「もうここにおってもあかんかもしれんから壕《ごう》へ入んなさい。まだまだ大丈夫《だいじょうぶ》や思うとったんやけどな」

福の言葉に、茜が怯《おび》えた顔をして頷《うなず》いている。

サイレンの音は、戦争中《せんそうちゅう》の警報音であった。

そして辺《あた》りが燃《も》え、そんな映像が幾度《いくど》となく流れ、逃《に》げまどう人々の中から、疎開《そかい》したのだろうか、茜の姿が消えて福一人となり、街は燃えたが、それらも収《おさ》まり、人々は疲《つか》れ傷付《きずつ》き、それでも黙々《もくもく》と堪《た》えて、焼《や》け野原にバラックが点々《てんてん》と建ち、ヤミの市場で生きるためのあらゆる工夫《くふう》がなされて、ようやく人並《ひとなみ》の生活の骨格《こっかく》が形づいてきた所まで、早回しに映し出された。

巴と順は、息《いき》を呑《の》んで、この様子を見つめていた。自分達の知らない時代、けれど寸分《すんぶん》の差《さ》で、この今見た「時」に生まれていたら——そう思わずにはいられない。戦争による急変《きゅうへん》の怖《おそ》ろしさを垣間見《かいまみ》た気がしていた。

そして——煤《すす》だらけの顔で、半分焼け落ちた自宅の前に立っている、茜の姿。

戦争は終わりを迎《むか》え、どうやら茜は疎開先《そかいさき》から戻って来たようだ。疲れきった空気の漂《ただよ》う辺《あた》りを見回してから、破壊《はかい》されている玄関《げんかん》をまたいで家の中に入って行く。入ってすぐの、福の部屋らしき三畳間《さんじょうま》は、見事《みごと》になくなっていた。キョロキョロと用心《ようじん》深《ぶか》く確認《かくにん》しながら半壊《はんかい》の台所、茶の間、それに続く板の間と踏《ふ》み込《こ》んで行く。板の間の奥、小さな洗面所の脇《わき》にあるもうひとつの座敷《ざしき》、そこが茜の部屋らしい。そうっと様子を窺《うかが》いながら茜は焼け残った自分の部屋の天袋《てんぶくろ》の上から柳行李《やなぎごうり》を引っぱり出した。中に入っていた油紙《あぶらがみ》に包んである荷物を、誰もいないのを確かめて、そうっと開いてみる。色鮮《いろあざ》やかな洋服類《ようふくるい》や、帽子《ぼうし》、アクセサリー類、日本人がまず目にしない英字《えいじ》の子供用雑誌《ざっし》や文具《ぶんぐ》など、そうっと並べて見ている。その中に、黒いビロードの小箱もあった。茜は、その箱を手に取ると、そうっと蓋《ふた》を開けた。

埃立《ほこりた》つ煤《すす》けた部屋の中で、ミツから貰ったネックレスが目映《まば》ゆい光《ひかり》を放《はな》ち輝《かがや》く。その優《やさ》しいピンクがかった煌《きら》めきは、戦争で散々《さんざん》な目に遭《あ》った気持ちを一気に元気づける癒《いや》しの輝きだった。箱からそうっと摘《つま》み出《だ》し、茜は幸せの笑顔を浮かべた。

そこで大人《おとな》達の場面になる。

「と、いう理由《わけ》で、私なりにいろいろ考えたんやけど、やっぱりこのご縁《えん》は、なかった事のように思うんや」

「姉さんがそう思うんなら、それはやっぱりそういう事なんやないやろか。確かに、茜ちゃんのために家族《かぞく》が増《ふ》えるのはいいかも知れんけど、姉さんの心が定《さだ》まらんのなら、無理に進めてもなぁ。上手《うま》くいかんのとちがう?」

「私の部屋だけ……実は婚姻届《こんいんとどけ》を渡されて、しまっておいた茶箪笥《ちゃだんす》のある三畳間《さんじょうま》だけ全焼《ぜんしょう》してしもうて、書類はきれいさっぱり、のうなってしまったんよ。そしたら何やしらん、急にやめよう、いう気持ちになってしもうて。こんな時期やし、世間もまだ落ち着かんし、しばらくは茜と二人でやっていこう思うんや」

「姉さん、何や私、慶元《けいげん》さんが天から見ててそうしたように思うわ。前にも言うたけど、余市さんいう人は、出来はいいかもしれんけど、なーんや人の道、外《はず》してそうな感じするわ。　姉さんとは、そういうご縁《えん》の人ではないのとちがう？」

「お断《ことわ》りするのなら今がいいと思うわ。今は周《まわ》りの人も大変な時期で、みんなが始めっからやり直《なお》しなわけやし。こういう事は早いうちがええと思《おも》てる……」

会話の声が遠のき、幸と福は連《つ》れ立《だ》って、どこかに歩いて行く。そうして次の場面
――

それから少し時《とき》が経《た》ったようだ。戦後《せんご》の闇市《やみいち》の雑踏《ざっとう》の中、米兵《べいへい》達の姿も見える。決して治安《ちあん》のいい場所ではない、市場の片隅《かたすみ》で、流暢《りゅうちょう》な力強い英語でやりあうミツの姿、ライターの芯《しん》を売る老婦人《ろうふじん》と買い手の米兵の仲立《なかだ》ちをしている。強引《ごういん》な言葉のやり取りで、大人顔負けに米人《アメリカン》を打ち負かし、老婦人からも利ざやを稼《かせ》ぎ出《だ》そうと娘《むすめ》らしからぬ表情で、喚《わめ》くような大声、早口で捲《まく》したてている。

それが終わると、ふらふらと歩き、どこかに向かっている。秋の夕方のようだ。日も暮れかかる頃、ミツは茜の家に到着した。応急処置《おうきゅうしょち》でつけた玄関扉《げんかんとびら》を、挨拶《あいさつ》もせずにガラガラと開け、入っていく。福はどうやら不在《ふざい》のようだ。茜が一人で出迎《でむか》え、固《かた》い表情のミツがあがり込む。そして、茜の部屋の中、

「お姉ちゃん、久しぶりやったね。忙《いそが》しかったん？　はよ会いたかったわぁ」

「…………」

「どうしたの？」

「茜ちゃん、ウチのお父《とう》ちゃんとあんたとこのお母《かあ》さん、もう結婚《けっこん》せえへんのやて。せやから……」

ここでミツは、息を大きく吸ってぶつけるように茜に言った。

「もう今日から、あんたとウチは他人《たにん》や。姉と妹ごっこは、今ここで終《しま》いや！」

ミツの言葉に、茜は目を大きく見開《みひら》いたまま立ちつくしている。が、気丈《きじょう》に茜は言った。

「そう……なん？　それは残念《ざんねん》やけど、私、まだミツお姉ちゃんの事、本当のお姉ちゃんと思うてるよ。余市おじちゃんとウチのお母はんが結婚せんでも、私はまだま だ仲良くしてほしい……」

「それは、出来へんわ」

ミツが即答《そくとう》する。そして今まで見せた事のない、冷たい表情《ひょうじょう》で、

「あんなぁ、勘違《かんちが》いしてもろたら困《こま》るわ。ウチらの親同士が一緒におるんなら私も

あんたの姉になって何でも分けたるわ。けど、ウチのお父ちゃん、あんたのお母さんに断《ことわ》られた言うてたわ。そんな人のとこに、私が遊びに行ける思うの？」

茜が困《こま》って申し訳なさそうにしていると、

「今日ここへ来たのはなぁ、茜ちゃん、私の預《あず》けてた物、取りに来たんや。返してもらうで。それでもう金輪際《こんりんざい》ここには来んから。私の大事なもん、はよ出してや！」

ミツは、市場で喚《わめ》いていた時とほぼ同じ口調《くちょう》で茜に迫《せま》った。今までの茜に対する優《やさ》しい態度とは打《う》って変《か》わった即物的《そくぶつてき》で狡猾《こうかつ》な物言《ものい》いだった。

大あわてでミツから預《あず》かった荷物を柳行李《やなぎごうり》から引っぱり出す。ミツは大切《たいせつ》にしまい込まれていたそれらを油紙ごと鷲掴《わしづか》みにして取り上げて、中身を確かめるべく包みを開く。

その中には茜が以前《いぜん》に貰った品々も含まれていたが、おかまいなしにそれらも一緒に包み直し、

「これもみんな返してもらうわ。もう、関係ないんやし」

あまりの事に、目に涙《なみだ》をためて、呆然《ぼうぜん》とその様子を見つめる茜。

そしてさらに、ハタと思い出したように、ミツは再度包みを開いた。黒いビロード

の小箱。蓋《ふた》を開けた。中は空《から》である。

「あれは、どこ？　あのネックレスは？」

茜は首を横に振って、泣き出しそうな顔をした。白いブラウスの上から短く巻いているネッカチーフの隙間《すきま》から、真珠《しんじゅ》のネックレスが覗《のぞ》いている。

ミツはその本性《ほんしょう》を露《あらわ》にした表情で、

「それ、一番返してもらいたい物や！　私のもんや！　もろうていくわ」

そう言っていきなり茜の首からもぎ取った。

「ブチッ」という音と共に真珠は飛《と》び散《ち》り、その飛び散った真珠を素速《すばや》く全《すべ》て拾《ひろ》い集めて、

「ほんなら、な。もう二度と会わへんわ！」

涙顔の茜を残し、逃《に》げるように出て行った。

その場面で映像は水面から消えた。

巴と順は息《いき》を呑《の》み、張りつめた気持ちで見つめている。二人共、言葉が見つからない。

いつの間にか、背後《はいご》にシスターが佇《たたず》んでいた。

「いろいろと驚《おどろ》かれたでしょう。ですが、お母様は、このような形でミツさんとお別れしたのです。お母様の……茜さんの悲しみがわかりますか?」

「はい、わかります。母は……母は悲しい目にあっていたのですね。私、知らなかった」

巴はこの時、自分が父、音彦と作るトウモロコシの事を思い出していた。鮮《あざ》やかな緑色の皮をシュッと取り去ると現れる真珠色の粒《つぶ》。その一粒一粒の輝きと、茜があんな形で失った真珠の一粒一粒はとてもよく似ていた。

だが、父と作り、皆に喜んで食べてもらえる自分の真珠とは、余《あま》りにも違う茜のネックレスの結末《けつまつ》……

順はすっかり憤慨《ふんがい》して、

「私はあのミツさんって人が、すごく嫌《きら》いです。欲張《よくば》りで酷《ひど》い人だったのね。あんな人、いなくなって、良かったわ!」

シスターは少し笑って、

「ですから、先程お二人が体験した惨《みじ》めな老女の姿。もしミツさんがあなた方の叔母さまになっていたら、お二人はあのような姿になってしまっていた、という事なのです。

人間は、長い時の流れの中で、身近な人物から影響《えいきょう》を受けます。ミツさんのやり方にみんな振り回されていたかも知れなかったのですよ。だから全《すべ》ての人が相手を思いやり、自《みずか》らが他人《ひと》に及《およ》ぼす影響に気をつけて、心を真《ま》っ直《す》ぐにしておく事が大切なのです」

二人は頷《うなず》いた。小さな二人だというのに、難《むずか》しいシスターの言葉のひとつひとつがすんなりと理解《りかい》出来、心の中に届《とど》いた。

「さあ、いよいよこれで最後ですが、もう一つだけお見せしたい映像《えいぞう》があります。それは、お母様のその後、です。これをご覧《らん》になれば、茜さんの本当のお気持ちがわかります」

その言葉が終わらぬうちに水面がまた波立《なみだ》ち始め、やがて少しだけ成長した茜の姿が現れた。ミツに酷《ひど》い仕打《しう》ちをされた後、おそらく数年経ち、中学生ぐらいだろうか。面立《おもだ》ちは今の茜に近くなってきている。静《しず》かで穏《おだ》やかな表情をした、大人《おとな》びた少女《しょうじょ》。けれど天真爛漫《てんしんらんまん》という感じではなく、どこか凛《りん》とした、何か決意《けつい》を胸《むね》に秘《ひ》めている容《よう》貌《ぼう》だ。

そんな茜が、自分の部屋の畳《たたみ》の上に仰向《あおむ》けに寝ころんで、じっと目を閉《と》じている。するとその部屋の後ろにある襖《ふすま》の白い部分が映写幕《スクリーン》のようになり、そこに一つの情景が浮かびあがった。

それは、雨のそぼ降《ふ》る知らない場所の、夜の光景——色とりどりのネオンが雨の街に照《て》り返《かえ》しているが、うら寂《さび》しげな、汚《きたな》く暗い、どこかの国の貧民窟《ひんみんくつ》のようだ。その街の片隅《かたすみ》に住んでいると思われる、小さな女の子が映し出される。見知らぬ子供だが、夜なのに傘《かさ》をさし、粗末《そまつ》なサンダル履《ば》きでトボトボと、どこかに向かって行く。そうして夜の街にいつまでも暗く、じとじとした雨が降っている。が、その光景から一転して——巴は思わずアッと叫《さけ》んで、身を乗り出した。

次の光景《こうけい》、それはさわやかな、高原《こうげん》の風景《ふうけい》。巴が何度となく見ている、あの欄間《らんま》に挟《はさ》まっているストロー付きの肉片から変化して現れる、白い花の咲く野山の光景《こうけい》と全く同じであった。

「私、私もこれを見たこと、何回もあるのよ。いつも見てるのと、全くおんなじだ！」

巴が叫《さけ》んだのとほぼ同時に、映像の中で、寝ころんでいる茜が目を開けた。すると、襖《ふすま》に映っていた風景は消えてしまった。

茜はムクリと起き上がり、部屋の隅《すみ》の机に向かい、勉強《べんきょう》する用意を始めた。教科書《きょうかしょ》とノートをきちんと並べ、その前で一度深呼吸《しんこきゅう》してから机に両手を置き、さあこれから始めようというとき、誰に向かってという事なく、小さな声で語りかける。

「また、あの夢を見たわ。あれは、あの夜の街はきっと……私の生まれる前の、私が住んでいた所……あの女の子は、生まれる前の私かも知れないわ。今の私は、あんな暗くて寂《さび》しい場所にはいないけど、ミツ姉さんとの事では、心の中が空《から》になって本当に寂《さび》しかった。違う所に生まれ変わっても、前の私の中にある「暗い時の断片記憶」がミツ姉さんに巡《めぐ》り会わせ、それであんな目に遭《あ》ったのかも知れないわ。あんなにもよくしてくれていたミツ姉さんが急に変わってしまって……今でも思い出すと気持ちが折《お》れてしまいそう……」

机の上で両手を組み、しばらくの間《あいだ》顔を伏《ふ》せていた。が、やがて決心したように顔を上げて前を向いた。

そして一人、部屋の中で、茜は自分自身《じぶんじしん》に誓《ちか》いを立てる。

「私は芯《しん》から強《つよ》くて優《やさ》しい人間になるわ。厳《きび》しい世の中で、どんな仕打ちに遭《あ》って

も負けない強い心を持てるように。私に子供が産《う》まれても、その子には、厳《きび》しさの中から本当の強さや優しさを知ってもらいたい。そのために、出来る限りの事をして、支え、導《みちび》いてあげよう」

そうして茜はふうっと息を吐《は》いて、吹っ切れた表情《ひょうじょう》になった。さらに考えてひと言呟《つぶや》く。

「それにしても、いつも後から出てくる高原の風景、あれは何なのかしら？」

全《すべ》ての映像《えいぞう》はここで終わり、消えた。

今、水面には元の姿の巴《ともえ》と順《じゅん》が、何事もなかったように写っている。

順は、この短い間に大切にしなければいけない物が何かという事がよくわかった。

それは駅前《えきまえ》で洋二《ようじ》に買《か》って貰《もら》うお人形セットや、幸《さち》の家で楽しむいろいろな事だけではない、もっと別のもの。

そう、それは時《とき》の使い方。「時」は、いつも「今」を刻んでいる。「今」をいつ何時《なんどき》も大切《たいせつ》に思い、丁寧《ていねい》に毎日を送ろう。そうすれば、その積《つ》み重《かさ》ねが、大きな幸《しあわ》せを作り出してくれる。順は、晴《は》れやかな顔で言った。

「私、自分のお家《うち》に戻《もど》っても、毎日時間《じかん》を守《まも》ってしっかりがんばるわ。働《はたら》いている母さんに迷惑《めいわく》かけないように、自分の事も、お家でのお手伝いもきちんとするわ」

巴は、心の中の霧《きり》が晴《は》れた思いだった。

母、茜《あかね》は巴のためを思って、あんなに厳《きび》しかったのだ。人の道を外《はず》さないように、のちのち強い人となれるように、いろいろな事を一から教えようとしてくれていたのだ。それが今、はっきりと解《わか》って、巴は身も心もスッキリとしていた。

これからは、母《はは》から何か言われても、きちんと向き合える、そして母のように強くなれるという自信が湧《わ》いてくるのだった。

「だって母さんは、信じた人の裏切《うらぎ》りをバネにして、私を強く育ててくれようとしている事がわかったのだもの。もう母《かあ》さんの事、恐《こわ》くはないわ。私は母《かあ》さんが大好き。それに……それに母さんも見ていたのよ。私、いつもお肉の事ばかり話して、白いお花の高原の方は話せないままだったけど、あれは……あの風景は……」

すると、順がすかさず、

「巴ちゃんと茜おばちゃん、きっと生まれる前に二人で同じ所にいたんだよ。巴ちゃん、本当は茜おばちゃんと、この世界に生まれて来る前から一番の仲良しだったから、今も親子なんだよ」

「でもさ、お肉の塊がこっちにフワフワ来るのは何なのかしら？」

「決まってるじゃない。それはお母さんの、お腹の中の……ちょっぴり覚えてる分が、チラッと見えるんだよ」

順はしたり顔で、

「実は、私も時々、見えるんだぁ、ピンクのストローみたいなのついてるでしょ」

と、言い当てた。

「何なのかわかんないけど、きっとお母さんが、私と会えるのを楽しみに待っていてくれたから見える物なのかなって思ってるよ。巴ちゃんも、きっとそうだよ！」

二人の様子《ようす》を微笑《ほほえ》みながら見守っていたシスターが、

「私の役目《やくめ》はここまでです。お小さいあなた方、そろそろお戻りになる時が近づいてきましたよ」

そこで二人は、我《われ》に返《かえ》った。突然《とつぜん》、四時半からのお風呂の事を思い出した。

「大変！　もう、何時間も過ぎちゃった！　どうしよう、きっとみんな心配《しんぱい》してる……」

「心配どころじゃないよ。どうしよう、巴ちゃん！……」

しかしシスターは笑顔で、

「止めていた時を動かします。大丈夫、このまま幸さんのお家へ……。赤い洋間にそっとお戻《もど》りなさいね。ああ、それから……」

シスターは二人から少し離《はな》れ、教会堂の方に歩いて行きかけ、二人をアーチに促《うなが》しながら、

「鐘の音を聞きましたね。そこからあなた方の『時《とき》の旅《たび》』は始まったのです。時空《じくう》は全《すべ》て『現在の断片《きれはし》』その切れはしが積《つ》み重《かさ》なればいろいろな形の結果《けっか》が生まれ、どのような形が作られるかは、その人、その時、次第《しだい》です。ですから、日々の小さな切れはしを、大切にして下さい。これからも、どうぞお元気に、『今』を重ねて下さいね」

「シスター、ありがとうございました」

二人は、お辞儀《じぎ》をして歩き出した。少し行って振り返ると、シスターは二人を見届《みとど》け、まるで地面を滑《すべ》るようにすうっと移動《いどう》し、教会の中に吸《す》い込《こ》まれていった。

巴と順は、アーチを潜《くぐ》り、玉砂利《たまじゃり》を踏《ふ》み締《し》めながら、そうっと用心深くもと来た道を戻《もど》って、三輪家に帰って来た。家の前に着いて巴は再《ふたた》び時計を確認《かくにん》したが、そのとき時計は動いており、四時三分を指《さ》していた。

抜け出してきた時と同じく、真夏の空、クーラーの室外機《しつがいき》は相変《あいか》わらず、ブンブンと唸《うな》っている。部屋の中では、幸《さち》と福《ふく》が寛《くつろ》いでいるのだろう。静かな庭を通り、そうっと洋間に入った。二人ホッとして顔を見合わせて、

「何だか、すごかったね」

「時を止《と》めて貰《もら》っていたなんて、魔法《まほう》みたいだったね」

「でも私たち、いろいろ大事な事教《おそ》わったね」

「うん。あ、巴ちゃん、明日私たち、もうお家《うち》に帰るけど、その前にもう一度シスターにお礼言いに行こうよ。また時々来ますからって」

「うん、いいよ。朝ごはん済《す》ませたら、すぐ行こう！　シスターに会うのなら、今度はおばあちゃんたち、許《ゆる》してくれるんじゃない？　ちゃんと言って行こうよ」

順はニコッと笑顔《えがお》で頷《うなず》いた。外はまだ明るく、いつもと変わらぬ三輪家の庭の木漏《こも》れ日が、午後の日差《ひざ》しに美しい。風にそよぐ枝葉を見つめながらお喋《しゃべ》りしていると、

コンコン、とノックの音がして、

「これこれお二人さん、そろそろお風呂《ふろ》よ」

外からの幸の声に、

「はぁい、今からはいりまーす!」

元気に応《こた》える巴と順であった。

いよいよ今日で三輪家滞在《みわけたいざい》も最終日を迎《むか》え、午後にはそれぞれ帰路《きろ》につく。

巴《ともえ》と順《じゅん》は、朝からそわそわしていて、いつ大人《おとな》達に教会へ行く事を切り出そうかと、その機会《きかい》を窺《うかが》っていた。

福《ふく》は幸《さち》に朝食後の台所で洗い物の手伝いをしながら、

「幸ちゃん、本当にありがとうね。いっつもお世話になりっぱなしで」

「なぁにを姉さん、他人行儀《たにんぎょうぎ》な。私かて久方振《ひさかたぶ》りに孫らと一緒でほんま楽しかったわあ。また、しましょな。今度は茜《あかね》ちゃんや音彦さん、みんなで来てな」

そんな姉妹《しまい》のやりとりを、巴と順は台所の横の廊下《ろうか》に立ち、そうっと見て、

「おばあちゃん達、今も仲良《なかよ》しだね」

「昔っから、変わってないね」

巴はちょっと不思議《ふしぎ》である。昨日《きのう》岩屋《いわや》の泉《いずみ》の映像《えいぞう》の中で見た、若い頃の福のいろいろないきさつを、今自分が知っているなんて。あの若かった福も、余市《よいち》という男と縁《えん》がなかったから、こうやって今、幸と変わらぬ関係を続けられているのかもしれない。そして福は、ミツと茜の間で起こった事件を知らないのだろう。今となっては、それで良かったのだ。

過去の出来事には、幻《まぼろし》になってくれていいものも、たくさんあるのだから。

「ねえ、おばあちゃん、帰る前に巴ちゃんと、教会に行っていーい？」

順が幸に切り出した。

「へっ？　あかんあかん、変な男の人がおったんやろ？　もうやめときなさい」

「でも、男の人ってオルガンを弾く、教会の人だったんだよ。シスターもいらっしゃるの。だからぜーったい大丈夫《だいじょうぶ》。すぐに戻《もど》って来るから、マリア様《さま》見に行ってもいーい？」

「おや、シスターもおられたの？　男の人は教会の人やったん？　それを早《はよ》う言いなさいな。ほんなら二十分過ぎたら、洋二さんに迎《むか》えをお願いするから行っておいで。気ぃつけてな」

魔法《まほう》のように、幸の言葉が急転《きゅうてん》して、少しの時間の許可《きょか》がおりた。

さぁ、急いで、見に行かなくちゃ！　二人は大急《おおいそ》ぎで靴《くつ》を履《は》き、今度は誰《だれ》にもはばからずに玉砂利《たまじゃり》をザクザク言わせながら、再び教会へと走って行った。

「早く早く、巴ちゃん」

順は小走りにアーチを通り過ぎ、慣《な》れた調子《ちょうし》で教会堂《きょうかいどう》の入り口の扉《とびら》の所まで行き、銅色のノブを回す。

「カチャリ」

いとも簡単《かんたん》に扉《とびら》は開《ひら》き、が、そこは――

昨日《きのう》とは、違う内部の雰囲気《ふんいき》。

ステンドグラスや、長椅子《ながいす》、内装《ないそう》はそのままなのだが――右側の鐘《かね》つきのロープを引っ張るための小さな囲《かこ》いはなく、そちら側全体が蛍光灯《けいこうとう》のついた、ガラス張りの部屋になっていた。まるで学校の職員室《しょくいんしつ》のようで、中では紺のジャンパー姿の人が二人ほど働《はたら》いている。

そのうちの一人が巴達に気がつき、こちらへ向かって来た。

「こんにちは。どうされましたか？」

昨日見かけなかった、眼鏡《めがね》をかけた若い女の人だ。

「こんにちは。昨日ここでシスターにお会いした者《もの》ですけれど、シスターはいらっしゃいますか?」

順の言葉に、女性《じょせい》は怪訝《けげん》な顔をした。しかしすぐにニコッと微笑《ほほえ》んで、

「ああ、シスター、シスターメアリーのことね。どうぞ、ようこそ教会へ。わざわざいらして下さって、きっとシスターもお喜びですよ」

さあ、どうぞ、とガラス張りの部屋に招《まね》かれ、さらにその奥の少し立派な扉の部屋へ通された。そこには誰もいない。

一枚の大きな古いセピア色の写真《しゃしん》が額《がく》に入《はい》って飾《かざ》られていた。

写真は、この教会がはじめて作られた当時《とうじ》の物で、その頃の人々が教会を背に写っている。

「当時の神父様《しんぷさま》と、まだこの辺りが村だった頃の信者《しんじゃ》の方々です。一番左の、この方が、シスターメアリー。日本の方ですが、皆さんからそう呼ばれ、この教会を設立《せつりつ》するのに尽力《じんりょく》された、第一の功労者《こうろうしゃ》です」

シスターメアリー。紛《まぎ》れもなく、昨日《きのう》、巴と順に様々《さまざま》なことを教えてくれた、その

人だった。写真の端《はし》に小さく一九一三年とある。

五〇年以上も前の写真。

「もう、シスターには会えないんでしょうか」

巴が小さな声で尋《たず》ねると、

「シスターは、ずい分前に天《てん》に召《め》されています。だからお目にかかることは、叶《かな》いませんが、お写真をご覧《らん》になられて、祈《いの》りを捧《ささ》げて下さいね」

二人は静《しず》かに写真を見つめる。

写真の中のシスターも、昨日《きのう》と同じ、真っ黒な大きな瞳《ひとみ》で、こちらを見守ってくれている。

もと来た道を戻って行く二人は無言《むごん》だった。けれど、アーチの横を通り過ぎるとき、あの鐘の音が聞こえた気がして、思わず同時に振り返る。

教会堂が夏の青空の中、今日も静かに佇《たたず》んでいた。

昨日の二人に起こった小さな奇跡《きせき》も、今また過去の幻《まぼろし》になろうとしていた。

エピローグ

「チュン、チュン、ピーチュン、ピーヒョロローチュン……チュン」

小鳥たちの囀《さえず》る高原の岩場《いわば》に、男が坐《すわ》っている。まだ初老《しょろう》とまではいかない。壮年《そうねん》の男性《だんせい》。彼の表情は穏《おだ》やかだ。岩場のそこここに白い花が咲き、さわやかな風が吹いている。

岩場の脇《わき》には小道があり、登ればより高い丘へ、下って行けば、どこかの街《まち》に辿《たど》り着《つ》くのだろうか。

男は遠くを見つめつつ、誰かを待っている。と、小道をトコトコと登ってくる人影が。正装《せいそう》姿の修道女《しゅうどうじょ》だ。彼女は、男を見ると、手を振って近寄《ちかよ》って来た。

男も岩場から伸《の》び上《あ》がって彼女を見、ニコニコしてお辞儀《じぎ》をした。

「やあ、どうもご苦労《くろう》かけました」

「いえいえ、首尾《しゅび》よくまとめて参《まい》りました」

「で、孫《まご》たちは納得《なっとく》しましたでしょうか?」

「はい、それはもう……すっかり自信を持って……　これから茜《あかね》さんと巴《ともえ》さんは、より良い関係を続けていかれると思います」

その言葉を聞いて男は安心したように頷《うなず》いた。

「どうもありがとうございました。それをお聞きして私もこの場で至福の時を過《す》ごせます」

彼女の方もニッコリとして、

「そうですね。ここでの時は永遠ですから」

そう言って、自分が登《のぼ》って来た下界《げかい》の方を目を細めて見つめている。

「これからどちらへ向かわれるのですか?」

男の問いに、彼女は被《かむ》っているベールを脱《ぬ》ぎ、黒髪を風になびかせながら答えた。

「また鐘《かね》を鳴《な》らしに……どこかの、どなたかのために、鳴らしに参ります」

じゅういちや ともよ

神奈川県出身。国立音楽大学ピアノ科卒。音楽家。ピアノ教師。同時に数々の児童、女声、混声合唱団の指導をしながらミュージカルを多数制作。シノプシス、台本、衣装、舞台音楽など総合制作し、地域の青少年施設等で上演し好評を博す。2005年からシンガポール在住。作家、翻訳家であるふみ子デイヴィスとの出会いを機に、過去の創作活動歴を活かした童話創作に目覚める。著書に『ミニシアター　最後の星』『虹色峠』（未知谷）がある。

ながの じゅんこ

群馬県出身。1991年東京芸術大学大学院美術研究科建築専攻修了。５年間の設計事務所勤務の後、美学校にて銅版画を学ぶ。2007年、2010年ボローニャ国際絵本原画展入選など、受賞多数。

時《とき》の鐘《かね》

2017年 5 月 1 日印刷
2017年 5 月25日発行

著者　十一谷朋代
絵　長野順子
発行者　飯島徹
発行所　未知谷
東京都千代田区猿楽町2丁目5-9　〒101-0064
Tel. 03-5281-3751 / Fax. 03-5281-3752
［振替］　00130-4-653627
組版　柏木薫
印刷所　ディグ
製本所　難波製本

Publisher Michitani Co. Ltd., Tokyo
Printed in Japan
ISBN978-4-89642-528-4　C8093

十一谷朋代の仕事

ミニシアター 最後の星

長野順子 挿絵・スマントリー英子 装画

合唱団の子供達のために作り始めたミュージカル
出来上がった空間に、皆で空気を送り、色を与え、
観て、聴いて味わい、体感する心地良さ。その気
持ちが膨らんで生まれた素敵なメルヘン。4篇。

256頁　本体2000円

虹色峠

長野順子 挿絵

幼くして亡くなった羚平、羚平を可愛がっていた
歌子の娘・今日子。今日子の恋人・日出男は事故
にあって、それぞれの人生が虹色峠で交わり……
かすかな記憶を感じることの大切さ、時空を超え
た別世界をのぞくファンタジー。

144頁　本体1600円

未知谷